進学する人のための日本語初級

［進學日本語初級II］

――――――練習帳――――――

改訂版

日 本 学 生 支 援 機 構
東京日本語教育センター 授權
大 新 書 局 印行

『進学する人のための日本語初級　練習帳』について

1　本書は『進学する人のための日本語初級』（『本冊』）に付属する口頭練習用
　教材として作成されたものである。
　　全22課を二分冊とし、『練習帳1』は1課から12課まで、『練習帳2』は13
　課から22課までとなっている。
　　『本冊』で「言い方」として取り上げられている学習項目を導入した後、
　その定着を図り、更に円滑な運用能力を身につけさせるという目的で作成
　した。
　　なお、各練習は『本冊』の「言い方」の提出順に配置されている。従って、
　文型導入後、すぐに関連した練習をすることもできる。

2　本書は『本冊』と合わせて学習することで、語彙力をつけることをも目的
　としており、原則としてすべての語彙を習得させるのが望ましい。
　　なお、練習帳に初めて出てくる語彙には＊印をつけた。

3　表記は7課までは仮名分かち書き、8課からは、常用漢字を用いた漢字仮
　名交じりとし、すべての漢字に振り仮名をつけた。日常一般に使われてい
　る書き方になるべく早く触れさせたいという意図からである。
　　数字は原則として算用数字としたが、熟語として現れるものについては漢
　数字を用いた。

4　各課の構成は次の通りである。
　A　文型練習

各課の重要な文型を提出順に取り上げたもので、本書の主要部分を成す。活用の練習など、単純なものから、かなりの応用力を要するものまである。

練習は、『本冊』の「言い方」の順に並べられており、原則として、提出順が後になっている文型を先に使うことがないように配慮した。従って、ひとつの文型の導入が終了した時点ですぐ該当する練習を行うことが可能である。

作成にあたっては、イラストを多用するなどして、具体的なイメージをもちながら練習ができるように心がけた。イラストは、それを見なければ解答できない問題の場合には、全面、あるいはページの左側に、イラストがなくても可能だがイメージの喚起のために出す場合には、ページの右側に配してある。

イラストについては、文型導入時にも使えるものが多いと思われるので、活用されたい。

B 「友達に聞きましょう」

学生同士の会話練習。学生を二人一組にし、習った文型を使って自分のことを話させるためのものである。

C 「いろいろ話しなさい」

テーマを与えて自分で話させるもので、テーマは二種類ある。一つは提出文型を使って話させることに主眼を置いたもの、もう一つは本文の内容に即して自分の身の回りのことを話させるものである。作文のテーマとして使ってもよい。

D 「言いましょう」

各課で使われた主要文型の中から、自然なイントネーション、プロ

ミネンスをつけて発音する練習文が、音調記号付きで挙げられている。

練習帳・宿題帳作成グループ

　　長田みづゑ　　　　鈴藤和子
　　河路由佳　　　　　松本敏雄

　　高村郁子（イラスト）

同試用版改訂グループ

　　近藤晶子　　　　　戸田光子
　　鈴藤和子　　　　　山田浩三
　　増谷祐美　　　　　弓田純道
　　谷口正昭

1994年10月

国際学友会日本語学校

改訂にあたって

　2004年４月１日に国際学友会日本語学校は日本学生支援機構東京日本語教育センターとなりました。

2005年10月
日本学生支援機構
東京日本語教育センター

目　　次

13課

1. 「欲しい」を使って言いなさい。

*ラケット　*エアコン

1. わたしのアパートは駅から遠くて*不便です。＿＿＿＿＿＿＿＿＿＿＿。🔓

2. わたしは来月からテニスを習います。＿＿＿＿＿＿＿＿＿＿＿。🔓

3. 前に住んでいた部屋は夏とても暑かったです。＿＿＿＿＿＿＿＿＿。🔓

4. わたしは*春休みに旅行に行きます。＿＿＿＿＿＿＿＿＿＿＿。🔓

5. 寒くなりました。＿＿＿＿＿＿＿＿＿＿＿＿＿＿＿＿＿。🔓

6. わたしは子供のとき、いつも兄の机を借りていました。＿＿＿＿。🔓

2. 例のように言いなさい。

（例）来年　*国立大学に入る　→　わたしは来年国立大学に入りたいです。

1. 今度の冬休み　*スキーに行く　🔓

2. 今晩　*国際電話をかける　🔓

3. 今　あまり　ご飯を食べる　🔓

4. 今晩　あまり　お酒を飲む　🔓

5. 子供のとき　飛行機に乗る　🔓

6. 小学生のとき　医者になる　🔓

7. 子供のとき　あまり　野菜を食べる　🔓

8．小学生のとき　あまり　本を読む　🔓
　　しょうがくせい　　　　　ほん　よ

3．「～たい」を使って文を完成しなさい。
　　　　　　　　つか　ぶん　かんせい

　　1．時計が壊れました。新しい時計を＿＿＿＿＿＿＿＿＿＿。　🔓
　　　　とけい　こわ　　　　　あたら　とけい

　　2．＊おなかが＊すきました。早く＿＿＿＿＿＿＿＿＿＿。　🔓
　　　　　　　　　　　　　　　　　はや

　　3．のどが＊渇きました。水を＿＿＿＿＿＿＿＿＿＿。　🔓
　　　　　　かわ　　　　　みず

　　4．8時の飛行機に＿＿＿＿＿＿＿＿＿＿が、＊間に合いませんでした。　🔓
　　　　じ　ひこうき　　　　　　　　　　　　　ま　あ

　　5．ちょっと気分が悪いです。もうお昼ですが、今は何も＿＿＿＿＿＿＿＿＿＿。　🔓
　　　　　　　　きぶん　わる　　　　　　ひる　　　　　いま　なに

　　6．わたしは2年間国へ帰っていません。家族や友達に＿＿＿＿＿＿＿＿＿＿。　🔓
　　　　　　　　ねんかんくに　かえ　　　　　　かぞく　ともだち

　　7．わたしは＊疲れたから、早く＿＿＿＿＿＿＿＿＿＿。　🔓
　　　　　　　　つか　　　　　はや

　　8．わたしもゆうべのパーティーに＿＿＿＿＿＿が、＊用事がありました。　🔓
　　　　　　　　　　　　　　　　　　　　　　　　ようじ

　　9．わたしは頭がとても痛いです。学校へ＿＿＿＿＿＿＿＿＿＿。　🔓
　　　　　　　　あたま　　　いた　　　　がっこう

　　10．先週の旅行はとても楽しかったです。わたしはうちへ＿＿＿＿＿＿。　🔓
　　　　せんしゅう　りょこう　　　　たの

4．例のように言いなさい。
　　れい　　　　　い

　　（例）わたしは刺身を食べた<u>ことがあります</u>。
　　　れい　　　　さしみ　た

やまに＊のぼる　　＊ハワイ

＊けんか

— 8 —

5. 例のように（　　）の言葉を使って答えなさい。

（例１）あなたは京都へ行ったことがありますか。（１度）

　　　はい、１度京都へ行ったことがあります。

（例２）あなたは学校を休んだことがありますか。（１度も）

　　　いいえ、１度も学校を休んだことがありません。

1. あなたは日本へ来てから病気になったことがありますか。（１度も）🔓

2. あなたのお父さんは日本へ来たことがありますか。（２、３度）🔓

3. あなたは*日本酒を飲んだことがありますか。（１度も）🔓

4. あなたは日本の映画を見たことがありますか。（１度）🔓

5. あなたは国際電話をかけたことがありますか。（何度も）🔓

6. あなたは日本語で手紙を書いたことがありますか。（１度も）🔓

7. あなたは*秋葉原へ行ったことがありますか。（２、３度）🔓

8. あなたは学校を休んだことがありますか。（１度）🔓

6. 「～のです」を使って答えなさい。

1. あなたはビールを飲まないのですか。（ええ　　嫌い）🔓

2. あの人はいつも*豚肉を食べませんね。

　　　　　　　　（ええ　　あの人　　*イスラム教徒）🔓

3. 目が赤いですね。（ええ　　ゆうべ　　あまり　　寝る）🔓

4. いい車ですね。買ったのですか。（いいえ　　友達　　借りる）🔓

5. *タノムさんはバスケットボールが上手ですね。

　　　　　　　　（ええ　　高校のとき　　*選手）🔓

6. 今日はスーパーへ行かないのですか。（ええ　　財布　　忘れる）🔓

7．＊顔色が悪いですね。どうしたのですか。（少し　頭　痛い）🔒
　　かおいろ　わる　　　　　　　　　　　　　　　　すこ　　あたま　いた

8．昨日学校を休みましたね。（ええ　おなか　＊壊す）🔒
　　きのう がっこう やす　　　　　　　　　　　こわ

9．昨日秋葉原へ行ったのですか。（ええ　＊パソコン　買いに行く）🔒
　　きのう あきはばら い　　　　　　　　　　　　　　　か　　い

10．晩ご飯を食べないのですか。（ええ　おなか　＊いっぱい）🔒
　　　ばん はん た

13 課

7．「〜からです」を使って答えなさい。
　　　　　　　　　　つか　　こた

1．どうして旅行に＊参加しないのですか。（＊費用　高い）🔒
　　　　　　りょこう　さんか　　　　　　　　　　　ひよう　たか

2．どうしてラヒムさんは昨日学校へ来なかったのですか。
　　　　　　　　　　　　　きのう がっこう　こ

　　　　　　　　　　　　　　　　　（お父さん　日本　来る）🔒
　　　　　　　　　　　　　　　　　　とう　　　にほん　く

3．どうして部屋代が安いのですか。（建物　古い）🔒
　　　　　　へ や だい やす　　　　　たてもの ふる

4．どうして11月3日は休みなのですか。（＊文化の日）🔒
　　　　　　 がつみっか やす　　　　　　　　ぶんか ひ

5．どうしてあの大学は試験を受ける人が多いのですか。
　　　　　　　　だいがく しけん う　　ひと おお

　　　　　　　　　　　　　　　　（＊授業料　安い）🔒
　　　　　　　　　　　　　　　　　じゅぎょうりょう やす

6．どうして今日は車が＊少ないのですか。（今日　日曜日）🔒
　　　　　　きょう くるま すく　　　　　　　きょう にちようび

7．どうしてこのシャツがいいのですか。（＊色　きれい）🔒
　　　　　　　　　　　　　　　　　　　　いろ

8．どうしてバスケットボールの選手になったのですか。（背　高い）🔒
　　　　　　　　　　　　　　　せんしゅ　　　　　　　せい たか

8．「〜ませんか」と「〜ましょう」を使って言いなさい。
　　　　　　　　　　　　　　　　　　　　つか　　い

（例）A：疲れましたね。ちょっと休みませんか。
　れい　　つか　　　　　　　　　やす

　　　B：ええ、休みましょう。
　　　　　　　やす

1．おなかがすきましたね。一緒に＿＿＿＿＿＿＿＿＿＿＿＿。🔒
　　　　　　　　　　　　　いっしょ

2．いい天気ですね。公園へ＿＿＿＿＿＿＿＿＿＿＿＿。🔒
　　　　てんき　　　こうえん

3．映画の＊切符を2枚もらいました。＿＿＿＿＿＿＿＿＿。🔒
　　えいが　きっぷ まい

４．ちょっと遠いですね。タクシーで＿＿＿＿＿＿＿＿＿＿＿＿＿＿。 🔓

５．暑いですね。*冷たい物を＿＿＿＿＿＿＿＿＿＿＿＿＿＿。 🔓

６．日曜日にテニスを＿＿＿＿＿＿＿＿＿＿＿＿＿＿。 🔓

７．一緒に歌を＿＿＿＿＿＿＿＿＿＿＿＿＿＿。 🔓

９．例のように答えなさい。

　　（例）どんなセーターが欲しいですか。（赤い）

　　　　赤いのが欲しいです。

１．どの自転車がいいですか。（黒い） 🔓

２．どんな辞書を買いましたか。（例文が多い） 🔓

３．どんな音楽を聞きたいですか。（静か） 🔓

４．どの帽子がいいですか。（一番右にある） 🔓

５．何を飲みますか。（あなたと*同じ） 🔓

６．どんなシャツがいいですか。（緑） 🔓

７．どれがあなたのかばんですか。（机の上に置いてある） 🔓

８．どんなカメラを買いたいのですか。（*使い方が簡単） 🔓

９．どんな映画がいいですか。（面白い） 🔓

10．どんな靴を買いたいですか。（軽くて丈夫） 🔓

11．いくらのケーキを買いましたか。（200円） 🔓

10. 「ため」を使って例のように言いなさい。

（例1）シンさんが入院しました。わたしは花を買いました。（シンさん）

→ シンさんが入院しました。わたしはシンさんの<u>ために</u>花を買いました。

（例2）あの大学には*特別の試験があります。（留学生）

→ あの大学には留学生<u>のための</u>特別の試験があります。

1. あしたはマリアさんの誕生日です。わたしはケーキを作ります。

（マリアさん）🔓

2. この辞書には振り仮名が振ってあります。これは特別の辞書です。

（外国人）🔓

3. 英語で話してください。（日本語が分からない人）🔓

4. これは易しい新聞です。（小学生）🔓

5. 駅に*エレベーターをつくりました。（*お年寄り）🔓

6. ここは洋服の売り場です。（体が小さい人）🔓

7. ジュースが買ってあります。（お酒が嫌いな人）🔓

8. この料理には豚肉が入っていません。これは特別の料理です。

（イスラム教徒）🔓

11. 「〜にします」を使って言いなさい。

```
――― メニュー ―――
～たべもの～        ～のみもの～
・ハンバーグ        ・コーヒー
・エビフライ        ・こうちゃ
・サンドイッチ      ・オレンジジュース
・ケーキ            ・コーラ
```
*たべもの　*のみもの　*オレンジジュース

A 何を食べますか。

_____ 🔓

B 何を飲みますか。

_____ 🔓

13課

C　いつ行きますか。

1．月曜日の夜はピアノのレッスンがあるから、<u>水曜日にします</u>。🔓

2．今月は忙しいから、<u>来月にします</u>。🔓

3．今日は都合が悪いから、<u>明日にします</u>。🔓

4．日曜日は*込んでいると思うから、<u>金曜日にします</u>。🔓

5．今晩は友達が来るから、<u>あさってにします</u>。🔓

12. 質問の文を言いなさい。

1．A：もうすぐあなたの誕生日ですね。<u>何が欲しいですか</u>。🔓

　　B：わたしは日本の人形が欲しいです。

2．A：もうすぐ冬休みですね。（したい）<u>何をやりたいですか</u>。🔓

　　B：わたしはスキーに行きたいです。

3．A：<u>京都へ行ったことがありますか</u>。🔓

　　B：いいえ、わたしは1度も京都へ行ったことがありません。

4．A：<u>どうして食べたいのですか</u>。🔓

　　B：今はおなかがいっぱいだからです。

5．A：<u>質問はありますか</u>。🔓

　　B：ええ、（質問は）ありません。

6．A：<u>何を食べますか、（何にしますか）</u>。🔓

　　B：わたしは天ぷらにします。

7．A：<u>一緒に帰りませんか</u>。🔓

　　B：ええ、一緒に帰りましょう。

13. 友達に聞きましょう。

1. あなたは今欲しい物がありますか。

2. あなたは行きたい所がありますか。

   どうしてそこへ行きたいのですか。

3. あなたはアルバイトをしたいですか。

   どうしてですか。

4. あなたは友達とけんかをしたことがありますか。

5. あなたは学校に遅れたことがありますか。

   どうして遅れたのですか。

6. あなたは富士山に登ったことがありますか。

7. あなたはこの学校のことをだれから聞きましたか。

8. 一緒に＿＿＿＿＿＿＿＿＿＿ませんか。

9. あなたは今1人で住んでいますか。

14. いろいろ話しなさい。

あなたは今どんな所に住んでいますか。

*将来はどんな所に住みたいですか。

言いましょう

A：あのみせでちょっとやすみませんか。

B：いいですね。そうしましょう。

14課

1. 例のように言いなさい。

（例1）車の*運転（小林　田中）

→　小林さんは車の運転が<u>できます</u>。

　　田中さんは車の運転が<u>できません</u>。

（例2）料理を作る（シン　キム）

→　シンさんは料理を作る<u>ことができます</u>。

　　キムさんは料理を作る<u>ことができません</u>。

14課

1. スキー（チン　ラヒム）🔒 *[チンさんはスキーができます。
ラヒムさんはスキーができません。*
 (い)滑雪
2. *フランス語（小林　アリフ）🔒 *[小林さんはフランス語ができます。
アリフさんはフランス語ができません。*
3. *ダンス（マリア　水野）🔒 *[マリアさんはダンスができます。
水野さんはダンスができません。*
4. 自転車に乗る（正男　*アイちゃん）🔒 *[正男さんは自転車に乗ることができます。
アイちゃんは自転車に乗ることができません。*
5. *スペイン語を話す（シン　田中）🔒 *[ツンさんはスペイン語を話すことができます。
田中さんはスペイン語を話すことができません。*
6. 1人で着物を着る（水野　春子）🔒 *[水野さんは1人で着物を着ることができます。
春子さんは1人で着物を着ることができません。*
7. 泳ぐ（小林　正男）🔒
8. 英語で手紙を書く（キム　シン）🔒

2. 可能の動詞を言いなさい。

（例）作る　→　作れる

　　　起きる　→　起きられる

1. 書く　🔒 *書ける*
2. 食べる　🔒 *食べられる*
3. 話す　🔒 *話せる*
4. 寝る　🔒 *寝られる*
5. 泳ぐ　🔒 *泳げる*
6. 歌う　🔒 *歌える*

7. 見る（み）🔒 見られる 　　12. 遊ぶ（あそ）🔒 遊べる

8. 考える（かんが）🔒 考えられる. 　13. する 🔒 できる

9. 来る（く）🔒 来られる. 　　14. 走る（はし）(エ) 🔒 走れる.

10. 飲む（の）🔒 飲める. 　　15. 決める（き）🔒 決められる

11. 覚える（おぼ）🔒 覚えられる. 　16. 待つ（ま）🔒 待てる

17. 切る（き）、切れる. 　　18. 帰る（かえ）、帰れる、

3. 例（れい）のように言（い）いなさい。

（例1）（れい）水野（みずの）さんは泳（およ）ぎます。

→　水野（みずの）さんは泳（およ）げます。

（例2）（れい）正男（まさお）さんは片仮名（かたかな）を読（よ）みます。

→　正男（まさお）さんは片仮名（かたかな）が読（よ）めます。

1. わたしはあまり寝（ね）ません。 🔒 私はあまり寝られません、

2. わたしは高（たか）い山（やま）に登（のぼ）りません。 🔒 私は高い山に登れません、

3. わたしはあしたもここへ来（き）ます。 🔒 私はあしたもここへ来られます

4. 小林（こばやし）さんは上手（じょうず）に泳（およ）ぎます。 🔒 小林さんは上手に泳げます、

5. わたしは早（はや）く起（お）きません。 🔒 私は早く起きられません、

6. シンさんはスペイン語（ご）を話（はな）します。 🔒 シンさんはスペイン語が話

7. チンさんは*中国語（ちゅうごくご）を教（おし）えます。 🔒 チンさんは中国語が教えられます

8. マリアさんは*バイオリンを弾（ひ）きます。 🔒 が弾けます。

9. アンナさんは日本料理（にほんりょうり）を食（た）べます。 🔒 が食べられます。

10. 正男（まさお）さんは上手（じょうず）にはしを使（つか）います。 🔒 が使えます

（使う）（つか）

4. 絵を見て例のように言いなさい。

（例）シンさんは料理が作れます。

３、まさおさんは平仮名が書けます。

１、みずのさんは泳げます。２、まさおさんは自転車に乗れます。

４、まさおさんは はしが 使えます。６、アイちゃんは 鍵が 使えます。

５、リサさんはピアノが ひけます。７、たなかさんは 英語が 話せます。

5. 例のように言いなさい。

（例）わたしは日本語を話すことができます。

　→　わたしは日本語が話せます。

1. シンさんは速く走ることができます。　はしれます。

2. あなたは日本の歌を歌うことができますか。　歌が歌えますか

3. *危ないから、この*川では泳ぐことができません。　およげません

4. あなたは１人でこの机を*運ぶことができますか。　運べますか

5. この道は*工事中だから、通ることができません。　通れません

6. ５時まではあの部屋を使うことができます。　部屋が使えます。

7. あしたわたしはここへ来ることができません。　来られません

8. あなたは漢字で*住所を書くことができますか。　住所が書けますか

9. １週間で平仮名を覚えることができますか。　平仮名が覚えられますか

10. 小林さんはフランス語を話すことができます。　フランス語が話せます。

6．例のように一つの文にしなさい。

（例）あなたはどの大学を受けますか。決めましたか。

　→　あなたはどの大学を受けるか決めましたか。

1．*おばあさんは今年いくつですか。知っていますか。　🔒
　　　　　いくつか知っていますか

2．アンナさんはどうして泣いたのですか。分かりますか。　🔒
　　　泣いたのかわかりますか

3．この旅行はいくらかかりますか。教えてください。　🔒
　　　　いくらかかるか教えてください。

4．パンダは何が好きですか。この本に書いてあります。　🔒
　　　　　好きかこの本に書いてあります。

5．あの花びんはいくらでしたか。忘れました。　🔒
　　　でした→（普通形）だった　いくらだったか忘れました

6．夏休みに何をしますか。決めましたか。　🔒
　　　　　するか決めましたか　過去予定

7．昨日ラヒムさんはどうして学校へ来なかったのですか。

　　知っていますか。　🔒　来なかったのか知っていますか。

8．木村さんの奥さんはどんな人ですか。教えてください。　🔒
　　　　　どんな人か教えてください。

9．山田先生は何時ごろ学校へ来ますか。教えてください。　🔒
　　　　　来るか教えてください

10．あなたは何学部を受けますか。決めましたか。　🔒
　　　　受けるか決めましたか.

7．例のように一つの文にしなさい。

（例1）ラヒムさんはうちにいますか、いませんか。分かりません。

　→　ラヒムさんはうちにいるかどうか分かりません。

（例2）あのかばんは安いですか、高いですか。分かりません。

　→　あのかばんは安いかどうか分かりません。

1．アリフさんはギターが弾けますか、弾けませんか。分かりません。　🔒
　　　弾けるかどうかわかりません.

2．アンナさんはおすしが好きですか、嫌いですか。分かりません。　🔒
　　　好きかどうか分かりません.

3．佐藤先生は結婚していますか、結婚していませんか。知りたいです。　🔒
　　　結婚しているかどうか知りたいです.

4. 夏休みに国へ帰りますか、日本にいますか。まだ決めていません。 🔒
   帰るかどうか また 決めていません。

5. 飛行機の切符が*取れますか、取れませんか。心配です。 🔒
   取れるかどうか 心配です。

6. この大学に商学部がありますか、ありませんか。教えてください。 🔒
   あるかどうか 教えてください。

7. この*番組は面白いですか、つまらないですか。分かりません。 🔒
   面白いかどうか分かりません。

8. あの店で切手を*売っていますか、売っていませんか。知っていますか。 🔒
   売っているかどうか知っていますか。

9. 大学に入れますか、入れませんか。心配です。 🔒
   入れるかどうか心配です。

10. 田中さんは泳げますか、泳げませんか。知っていますか。 🔒
    泳げるかどうか知っていますか

8.「か」または「かどうか」を入れて言いなさい。

1. 夏休みに何をする＿＿＿か＿＿＿決めましたか。 🔒

2. この*文は*正しい＿かどうか＿見てください。 🔒

3. リサさんはどんな音楽が好き＿＿＿か＿＿＿知りたいです。 🔒

4. シンさんは夏休みに国へ帰る＿かどうか＿知りません。 🔒

5. 学校の電話は何番＿＿＿か＿＿＿忘れてしまいました。 🔒

6. ゆうベラヒムさんはどうして寮へ帰らなかったの＿＿＿か＿＿＿知ってい
   ますか。 🔒

7. 父は何時に帰る＿＿＿か＿＿＿分かりません。 🔒

8. 田中さんはお酒が好き＿かどうか＿知っていますか。 🔒

9. 例のように言いなさい。

   (例) わたしは音楽を聴きます。

   → わたしは音楽を聴くことが好きです。

   1. わたしはスポーツをします。 🔒
      スポーツをすることが好きです。

― 19 ―

２．妹はスポーツを見ます。　🔒スポーツを見ることが好きです.

３．わたしは歌を歌います。　🔒歌を歌うことが好きです

４．アンナさんは絵をかきます。　🔒絵をかくことが好きです

５．田中さんはいろいろな*外国語を習います。　🔒外国語を習うことが好き

６．姉は人形を作ります。　🔒人形を作ることが好きです

10．例のように言いなさい。

（例）わたしは（ 紅茶　　　コーヒー）
　　こうちゃ

　→　わたしは紅茶は飲みますが、コーヒーは飲みません。
　　　こうちゃ　の　　　　　　　　　　　　の

１．ラヒムさんは（ 魚　　　肉）　🔒ラヒムさんは魚は食べますが、肉に(食べ)
　　　　　　　　　さかな　にく

２．シンさんは（ スペイン語　　　*イタリア語）🔒話せません
　　　　　　　　　　ご　　　　　　ご　　話せますが、

３．チンさんは（*スケート　　滑雪 スキー）🔒スキーはできますが、スケートは(できま)
　　　　滑冰

４．正男さんは（ 平仮名　　　片仮名）🔒は書けません、
　　まさお　　　ひらがな　は書けますが かな

５．妹は（バイオリン　　ピアノ）🔒ピアノは弾けますが、バイオリンは(弾)け
　　いもうと

６．あの人は中国語を（ 話すこと　　書くこと）🔒
　　　　ひと　ちゅうごくご　はな　　　　か

話すことはできますが、書くことはできません、

ひ.
*弾く
→弾ける.
（弾、奏）

11．例のように言いなさい。

（例１）*前は刺身が食べられませんでした。（今は）
　　れい　まえ　さしみ　た　　　　　　　いま

　→　前は刺身が食べられませんでしたが、今は食べられるようになり
　　　まえ　さしみ　た　　　　　　　　　　いま　た

　　ました。

（例２）国では運動をしました。（日本へ来てからは）
　　れい　くに　うんどう　　　　にほん　き

　→　国では運動をしましたが、日本へ来てからは運動をしなくなり
　　　くに　うんどう　　　　にほん　き　　　　うんどう

　　ました。

1. 前は日本語が話せませんでした。(*このごろは)
が、このごろは日本語が話せるようになりました。

2. 国では掃除も洗濯もしませんでした。(日本へ来てからは)
が、日本へ来てからは掃除も洗濯もするようになりました。

3. 前は*よく音楽を聴きました。(このごろは)
が、このごろは音楽を聴かなくなりました。

4. 子供のときは速く走れました。(今は)
が、今は速く走れなくなりました。

5. 前はテレビのニュースが分かりませんでした。(このごろは)
我國
が、このごろは分かるようになりました。

6. 前はよく国の料理を食べました。(今は)
が、今はよく国の料理を食べなくなりました。

7. 前はときどき遅刻をしました。(今は)
が、今は遅刻をしなくなりました。

8. 前は漢字が読めませんでした。(*最近は)
が、最近は漢字が読めるようになりました。

12.「〜たり〜たりする」を使って言いなさい。

1. わたしは毎週日曜日に＿＿＿＿＿＿。
する
バスケットボールをしたり音楽を聴いたりします。

2. わたしはゆうべパーティーで＿＿＿＿＿。
する
歌を歌ったりダンスをしたりしました。

3. わたしたちは毎日うちで＿＿＿＿＿＿。
本を読んだり漢字の練習をしたりします。
れんしゅう

4. わたしは昨日公園で＿＿＿＿＿＿。
ボートを漕いだり、バドミントンをしたりしました。(漕ぐ)

*ボート
ボートに乗ったり

*のぼる

5. 子供たちは夏休みに_____。
こども　なつやす
泳いだり、山に登ったりしました。
　　　　　　　　　　　　　　　します

13. 例のように言いなさい。
れい　い

（例）男の人が門の前を行ったり来たりしています。（行く　来る）
れい　おとこ　ひと　もん　まえ　い　　き　　　　　　　　　い　　く

1. 何度も書いたり消したりしたから、紙が汚くなってしま
なんど　　　　　　　　　　　　　　　　かみ　きたな
いました。（書く　消す）
か　　け

2. 先週*退院しましたが、まだ*仕事はできません。毎日寝たり起きた
せんしゅう　たいいん　　　　　しごと　　　　　　　まいにち
りしています。（寝る　起きる）
ね　　お

3. あの子は階段を上ったり下りたりしています。（上る　下
こ　かいだん　　　　　　　　　　　　　　　のぼ　お
りる）

4. 雨が降ったりやんだりしています。（降る　やむ）
あめ　　　　　　　　　　　　　　ふ

5. 電灯がついたり消えたりしています。（つく　消える）
でんとう　　　　　　　　　　　　　　　き

14. 例のように答えなさい
れい　こた

（例）あなたのクラスに女の学生がおおぜいいますか。（3人）
れい　　　　　　　おんな　がくせい　　　　　　　　　にん

いいえ、3人しかいません。
にん

1. お兄さんは去年たくさんの大学を受けましたか。（2つ）　いいえ、
にい　きょねん　　　　　　だいがく　う　　　　　　　　　　　ふたつしか受けませ

2. 夏休みは2か月ぐらいありますか。（3週間）　いいえ、
なつやす　　げつ　　　　　　　　　しゅうかん　3週間しかありません。

3. うちから学校まで1時間ぐらいかかりますか。（20分）　いいえ、
がっこう　じかん　　　　　　　　　　ぶん　　20分しかかかりませ

4. あなたはいろいろな外国語ができるでしょう。（英語と日本語）
がいこくご　　　　　　　　　えいご　にほんご
いいえ、英語と日本語しかできません。

5. あの公園には木がたくさんありますか。（少し）
こうえん　き　　　　　　　　　　　すこ
いいえ、少ししかありません。
すこ

— 22 —

6. あなたは漢字がたくさん書けるでしょう。(200ぐらい) 🔒
いいえ、200ぐらいしか書けません

7. この池に魚がたくさんいますか。(少し) 🔒 いいえ、
少ししかいません。

8. あの大学にはいろいろな学部がありますか。(*工学部) 🔒 いいえ、
工学部しかありません。

9. あなたの会社には外国人もいますか。(日本人) 🔒 いいえ、
日本人しかいません。

10. 赤いボールペンを持っていますか。(黒いの) 🔒 いいえ
黒いのしか持っていません。
黒 ↓ も
ボールペン

14課

15. 例のように言いなさい。

(例) リサ「わたしは今晩アリフさんと映画を見に行きます。」

→ リサさんは今晩アリフさんと映画を見に行くと言っていました。

1. アリフ「この映画はとても面白いですよ。」 🔒 アリフさんはこの映画はとても
面白いと言っていました。

2. アンナ「わたしはお酒は飲めません。」 🔒 アンナさんは私はお酒は飲めないと言って
いました。

3. 小林「わたしはゆうべあまりよく寝られませんでした。」 🔒 小林さんは私はゆうべ
あまりよく寝られなかった
と言っていました。

4. 木村さん「わたしは本を読むことが好きです。」 🔒 だと言っていました。

5. ラヒムさん「夏休みに旅行をしたいです。」 🔒

6. 田中さん「わたしは車が欲しいです。」 🔒

7. キム「わたしは切手を*集めています。」 🔒

8. 先生「今度の試験は難しいですよ。」 🔒

16. 友達に聞きましょう。

✓1. あなたはいくつぐらい漢字が書けますか。

2. あなたは毎晩よく寝られますか。

3. あなたは来年何を勉強するか決めましたか。

4. あなたはどの学校を受けるか決めましたか。

5. 何か相談したいことがあるときあなたはだれに相談しますか。

6．あなたは日曜日にどんなことをしますか。

7．＿＿＿＿＿＿＿さんはどこに住んでいるか知っていますか。

8．＿＿＿＿＿＿＿さんは何歳か知っていますか。

9．＿＿＿＿＿＿＿さんはどんな物が好きか分かりますか。

10．＿＿＿＿＿＿＿さんは車の運転ができるかどうか知っていますか。

11．あなたは日本の歌が歌えますか。

12．あなたは日本の料理が何でも食べられますか。

13．あなたの*趣味は何ですか。

17．日本へ来てからできるようになったこととできなくなったことについて、
いろいろ話しなさい。

言いましょう

> A：あなたはどのだいがくをうけるかもうきめましたか。
>
> B：いいえ、まだきめていません。

15課
（か）

1. 「〜つもりです」を使って答えなさい。
（つか）（こた）

1. 夏休みに国へ帰りますか。（はい）　🔒 はい、国へ帰るつもりです。
（なつやす）（くに）（かえ）

2. あした何時に来ますか。（9時）　🔒 9時に来るつもりです。
（なんじ）（き）（じ）

3. いつ大学に*願書を出しますか。（来週）　🔒 来週出すつもりです。
（だいがく）（がんしょ）（だ）（らいしゅう）

4. 何か買いますか。（いいえ　何も）　🔒 いいえ、何も買わないつもりです。
（なに）（か）（なに）

5. 午後から何をしますか。（プールで泳ぐ）　🔒 プールで泳ぐつもりです。
（ごご）（なに）（およ）

6. あしたどこかへ行きますか。（いいえ　どこへも）　🔒 いいえ、どこへも行かないつもりです。
（い）

7. 旅行にカメラを持っていきますか。（いいえ）　🔒 いいえ、持って行かないつもりです。
（りょこう）（も）

8. 今日授業が終わってからどうしますか。（すぐ帰る）　🔒 すぐ帰るつもりです。
（きょう じゅぎょう）（お）（かえ）

2. 意志の形を言いなさい。
（いし）（かたち）（い）

（例）作る　→　作ろう
（れい）（つく）（つく）

食べる　→　食べよう
（た）（た）

1. する　🔒 しよう　　7. 登る　🔒 登ろう　　13. 来る　🔒 来よう
（のぼ）（く）

2. 会う　🔒 会おう　　8. 入る　🔒 入ろう　　14. 待つ　🔒 待とう
（あ）（はい）（ま）

3. 出る　🔒 出よう　　9. 行く　🔒 行こう　　15. 話す　🔒 話そう
（で）（い）（はな）

4. 起きる　🔒 起きよう　　10. 受ける　🔒 受けよう　　16. 飲む　🔒 飲もう
（お）（う）（の）

5. 遊ぶ　🔒 遊ぼう　　11. 習う　🔒 習おう　　17. 書く　🔒 書こう
（あそ）（なら）（か）

6. 見る　🔒 見よう　　12. 泳ぐ　🔒 泳ごう　　18. 持ってくる　🔒 持ってよう
（み）（およ）（も）

3. 例のように言いなさい。
（れい）（い）

（例）わたしは国立大学を受けます。
（れい）（こくりつだいがく）（う）

→　わたしは国立大学を受けようと思っています。
　　　　　こくりつだいがく　う　　　　　おも

1．わたしは冬休みにスキーに行きます。🔒
　　　　　　ふゆやす
　　　　　　　　　　　　　　　行こうと思っています。

2．わたしは来月から*生け花を習います。🔒
　　　　　　らいげつ　　　い　ばな　なら
　　　　　　　　　　　　　習おうと思っています。

3．わたしは今度の日曜日にテニスをします。🔒
　　　　　　こんど　にちようび
　　　　　　　　　　　　　しょうと思っています。

4．わたしはスピーチコンテストに出ます。🔒
　　　　　　　　　　　　　　　　　で
　　　　　　　　　　　　　でようと思っています。

5．わたしは今度の*お正月に着物を着ます。🔒
　　　　　　こんど　　しょうがつ　きもの　き
　　　　　　　　　　　　　着ようと思っています。

6．妹の誕生日に日本人形を*贈ります。🔒
　　いもうと　たんじょうび　にほんにんぎょう　おく
　　　　　　　　　　贈ろうと思っています。

7．あしたは8時半に学校へ来ます。🔒
　　　　　じはん　がっこう　き
　　　こようと思っています。

8．わたしは大学で経済の勉強をします。🔒
　　　　　　だいがく　けいざい　べんきょう
　　　　　　　　　しょうと思っています。

4．伝聞の「そう」を使って例のように言いなさい。
　　　でんぶん　　　　　　　つか　　　れい　　　　　い

（例）チンさんはあの店の料理は安くておいしいと言っていました。
　　れい　　　　　　　　みせ　りょうり　やす　　　　　　　　　　　い

　　→　チンさんによるとあの店の料理は安くておいしいそうです。
　　　　　　　　　　　　　　　みせ　りょうり　やす

1．お医者さんは普通の風邪だと言っていました。🔒
　　いしゃ　　　　ふつう　かぜ
　　お医者さんによると普通の風邪だそうです。

2．*大家さんはこのアパートでは動物は*飼えないと言っていました。🔒
　　おおや　　　　　　　　　　　どうぶつ　か
　　大家さんによるとこのアパートでは動物は飼えないそうです。

3．店員はこのパソコンはとてもいいと言っていました。🔒
　　てんいん
　　店員によるとこのパソコンはとてもいいそうです。

4．*天気予報ではあしたは*1日じゅう雨が降ると言っていました。🔒
　　てんきよほう　　　　　　　　　　あめ　ふ
　　天気予報によるとあしたば1日じゅう雨が降るそうです。

5．テレビのニュースで来月アメリカの*大統領が日本へ来る
　　　　　　　　　　　らいげつ　　　　　だいとうりょう　にほん　く
　　と言っていました。🔒テレビのニュースによると来月アメリカの大統領が
　　い
　　　　　　　　日本へ来るそうです。

6．新聞に上野動物園でライオンの赤ちゃんが生まれたと書いてあります。🔒
　　しんぶん　うえの　どうぶつえん　　　　　　　あか　　　　　う
　　新聞によると上野動物園でライオンの赤ちゃんが生まれたそ

7．この本に最近子供たちが外で遊ばなくなったと書いてあります。🔒
　　ほん　さいきんこ　ども　　　　そと　あそ
　　この本によると最近子供たちが外で遊ばなくなったそうです。

8．マリアさんのお兄さんはマリアさんは国で日本語を習わなか
　　　　　　　　にい　　　　　　　　　くに　にほんご　なら
　　ったと言っていました。🔒マリアさんのお兄さんによるとマリアさんは国
　　　　　い
　　日本語を習わなかったそうです。

5．「～かもしれません」を使って言いなさい。

1．A：山田さんは遅いですね。

B：昨日は来ると言っていましたが、来ないかもしれません

2．A：この辞書はだれのですか。

B：ここには*さっきラヒムさんが座っていましたから、この辞書は___
ラヒムさんのかもしれません。

15課

3．A：ここにはいい靴がありませんね。

B：あの店はどうですか。いい靴があるかもしれませんよ。

4．A：料理は何がいいですか。おすしはどうでしょうか。

B：アンナさんはおすしがきらいかもしれませんから、ほかの物にし

ましょう。

5．A：チンさんを*誘って海へ行きませんか。

B：チンさんは夏休みに国へ帰りたいと言っていましたから、もう国
へ帰ったかもしれません

6．A：あの2人はよく*似ていますね。

B：そうですね。兄弟 かもしれません。
ふたご
双子

6．絵を見て例のように言いなさい。

（例）わたしは皮をむいてりんごを食べます

が、妹は皮をむかないで食べます。

*かわ　*むく

— 27 —

1. リサさんはコーヒーに<u>砂糖を入れて</u>飲みますが、マリアさんは<u>砂糖を入れないで</u>飲みます。🔓 🔓
の

2. わたしはうちで作文を書くときは<u>辞書を</u>さくぶん か<u>みて</u>書きますが、教室で書くときか きょうしつ かは<u>辞書を見ないで</u>書きます。🔓 🔓
か

3. わたしは昨日は<u>コートを着て</u>出掛けきのう でかましたが、今日は<u>コートを着ないで</u>出掛きょう でかけました。🔓 🔓

4. わたしはいつも<u>窓を閉めて</u>寝ますし ねが、ゆうべは<u>窓を閉めないで</u>寝ました。
し ね
🔓 🔓

5. アンナさんは<u>傘をさして</u>歩いていあるますが、チンさんは<u>傘をささないで</u>歩あるいています。🔓 🔓

*さすⅠ。

7.「なさい」を使って文を完成しなさい。
つか ぶん かんせい

1. 寝る前に歯を<u>磨きなさい</u>。🔓
ね まえ は みが

2. もう12時だから、早く<u>寝なさい</u>。🔓
じ はや ね

15課

3. 汚い部屋ですね。掃除を <u>しなさい</u>　　　　　　　。🔒

4. ご飯を食べる前に手を <u>洗いなさい</u>　　　　　　　。🔒

5. どの大学を受けるか早く <u>決めなさい</u>　　　　　　。🔒

6. 今日宿題を忘れた人はあした*必ず <u>出しなさい</u>　　　。🔒

出す → 交作業. 交報告
だ

8.「～てみる」を使って完成しなさい。

1. A：道が分かりません。あの女の人に <u>聞いてみましょう</u>　　　。🔒

B：ええ、そうしましょう。

2. 店員：*お客様、この靴は*いかがですか。ちょっと <u>履いてみませんか</u>

　　　　　　。🔒

3. 店員：このラジカセは音がとてもいいですよ。ちょっと <u>聴いてみま</u>

<u>せんか</u>　　　。🔒

4. A：チンさんがいませんね。

B：チンさんは病気かもしれません。部屋へ <u>行ってみませんか</u>　　。🔒

5. 店員：このワインはおいしいですよ。ちょっと <u>飲んでみませんか</u>。🔒

6. わたしはその店でいろいろな帽子を <u>かぶってみました</u>　　が、い

いのがありませんでした。🔒

7. ケーキを作りました。おいしいかどうか <u>食べてみてください</u>　。🔒

8. 部屋を借りる前に1度 <u>行ってみたいです</u>　　。🔒

9.「～とき」を使って例のように言いなさい。

（例）父は銀行に勤めていました。（わたし　　小学生）

　→　<u>わたしが小学生のとき</u>、父は銀行に勤めていました。

— 29 —

1. わたしは図書館へ行きます。（学校　休み）🔒 *学校が休みのとき*

2. わたしは北海道にいました。（子供）🔒 *子供のとき、*

3. 姉は結婚しました。（わたし　高校生）🔒 *私が高校生とき、結婚しました。*

4. わたしは国の家族に電話をかけます。（*寂しい）🔒 *寂しいとき、国の家族に電話をかけま*

5. わたしは近くの公園を散歩します。（暇）🔒 *ひまなとき、*

6. 木村さんは医者になりたかったそうです。（小さい）🔒 *小さいとき、*

7. わたしはもう1度この公園へ来てみたいです。（桜 *がきれい友と来*）🔒

8. 事務室へ行ってください。（*証明書が*必要友と来）🔒

10. 「～とき」を使って例のように言いなさい。

（例）母は「気をつけて。」と言いました。（わたし　国を出る）

　→　<u>わたしが国を出るとき</u>、母は「気をつけて。」と言いました。

1. 日本人は「*行ってまいります。」と言います。（うちを出る）🔒

2. 日本人は「いただきます。」と言います。（ご飯を食べる）🔒

3. 友達が空港まで送りに来ました。（わたし　日本へ来る）🔒

4. 今朝わたしは郵便局に*寄りました。（学校へ来る）🔒

5. *駅員に切符を*渡してください。（*改札口を出る）🔒

6. 日本人は「ただいま。」と言います。（うちへ帰る）🔒

7. 日本人は「*おはよう。」と言います。（朝、人に会う）🔒

8. 保証人の木村さんが空港まで迎えに来ました。（わたし　日本へ来る）🔒

9. わたしは大阪の友達のうちに*泊まりました。（先月、大阪へ行く）🔒
先月、大阪へ行ったとき、私は大阪の友達のうちに泊まりました。

10. わたしは辞書で調べます。（言葉の意味が分からない）
言葉の意味がわからないとき、

11. 田中さんが遊びに来ました。（わたし　本を読んでいる）🔒
私が本を読んでいるとき、

15課

— 30 —

12. 正男さんはお皿を並べました。（お母さん　　料理を作っている）🔒

　　お母さんが料理を作っているとき、

11. 例のように言い換えなさい。

（例）スキーは面白いです。（スキーをする）

　→　スキーをするのは面白いです。

１．ダンスは楽しいです。（ダンスをする）🔒→ダンスをするのは楽しいです。

２．漢字の勉強は大変です。（漢字を勉強する）🔒→漢字を勉強するのは大変です。

３．*別れは*悲しいです。（人と*別れる）🔒→人と別れるのは悲しいです。

４．わたしは映画が好きです。（映画を見る）🔒→映画を見るのが好きです。

５．わたしは料理が下手です。（料理を作る）🔒→料理を作るのが下手です。

６．チンさんは歌が上手です。（歌を歌う）🔒→歌を歌うのが上手です。

７．姉は掃除が嫌いです。（掃除をする）🔒→掃除をするが嫌いです。

12. 例のように言いなさい。

（例）昨日／ホール／パーティー／ある

　→　昨日ホールでパーティーがありました。

１．昨日／あの大学／*入学試験／ある🔒→昨日あの大学で入学試験がありました。

２．2000年／*オーストラリア／*オリンピック／ある🔒→2000年にオーストラリアでオリンピックがありました。

３．去年／北海道／大きい*地震／ある🔒→去年北海道で大きい地震がありました。

４．来週の日曜日／中野サンプラザ／琴の演奏会／ある🔒→来週の日曜日に中野サンプラザで琴の演奏会があります。

５．今朝／駅の近く／*事故／ある🔒→今朝駅の近くで事故がありました。

６．10月／学校／スピーチコンテスト／ある🔒→10月学校でスピーチコンテストがあります。

７．あした／ホール／大学の*説明会／ある🔒→あしたホールで大学の説明会があります。

— 31 —

15課

8．ゆうべ／うちの近く／＊火事／ある　🔒

　　ゆうべ　うちの近くで火事がありました。

13．1〜5の文の後ろに続く文はどれがいいですか。a〜eから選んで言いなさい。

　　1．あそこに高いビルが見えますが、　🔒

　　2．わたしは田中ですが、　🔒

　　3．わたしはあの店で1度食事をしたことがありますが、　🔒

　　4．兄は日本の会社に勤めていますが、　🔒

　　5．わたしは＊区役所へ行きたいのですが、　🔒

　　　　a．キムさんはいますか。

　　　　b．あれは何ですか。

　　　　c．あそこの料理は安くておいしいですよ。

　　　　d．仕事が忙しくて大変だそうです。

　　　　e．あなたは道を知っていますか。

14．友達に聞きましょう。

　　1．あなたは今日授業が終わってから何をするつもりですか。

　　2．あなたは今度の休みに何をするつもりですか。

　　3．あなたは夏休み（冬休み）にどんなことをしようと思っていますか。

　　4．10月にスピーチコンテストがありますが、あなたも出てみませんか。

　　5．あなたはコーヒーを飲むとき、砂糖を入れて飲みますか。

　　　　＊ミルクはどうですか。

　　　　紅茶を飲むときは何を入れて飲みますか。

15課

6．あなたが子供のとき、お父さんやお母さんはどんなことをしなさいと

言いましたか。

7．漢字を覚えるのは大変ですか。

8．日本ではうちを出るとき何と言うか知っていますか。

うちへ帰ったときは何と言いますか。

あなたの国ではどうですか。

15. いろいろ話しなさい。

１．あなたはこの学校を卒業してからどうしますか。

２．最近聞いたニュースを話しなさい。

言いましょう

A：あしただいがくのせつめいかいがあるそうですが、

いくつもりですか。

B：ええ、いってみようとおもっています。

16課

1. **例のように言いなさい。**

(例) このりんごを食べる

→ このりんごを食べてもいいですか。

1. この部屋に入る 🔒 この部屋に入ってもいいですか。

2. うちへ帰る 🔒 うちへ帰ってもいいですか。

3. ここにごみを捨てる 🔒 ここにごみを捨ててもいいですか。

4. ここでたばこを吸う 🔒 ここでたばこを吸ってもいいですか。

5. この本を読む 🔒 この本を読んでもいいですか。

6. このアルバムを見る 🔒 このアルバムを見てもいいですか。

7. 鉛筆で書く 🔒 鉛筆で書いてもいいですか。

8. この辞書を借りる 🔒 この辞書を借りてもいいですか。

2. **例のように言いなさい。**

(例) この部屋に入る

→ この部屋に入ってはいけません。

1. ほかの人の手紙を読む 🔒 ほかの人の手紙を読んではいけません。

2. 学校に遅れる 🔒 学校に遅れてはいけません。

3. ここで遊ぶ 🔒 ここで遊んではいけません。

4. ここに荷物を置く 🔒 ここに荷物を置いてはいけません。

5. この川で泳ぐ 🔒 この川で泳いではいけません。

6. 学校を休む 🔒 学校を休んではいけません。

7. *うそを*つく 🔒 うそをついてはいけません。
嘘

＊嘘つき：名詞
うそ

8. 図書館で話をする　🔒図書館で話をしてはいけません。

3.「～てもいいです」「～てはいけません」を使って言いなさい。

1. 授業中はジュースやコーヒーを 飲ん
ではいけません。🔒

休み時間はジュースやコーヒーを 飲ん
でもいいです。🔓

2. ここは*駐車*禁止ですから、車を 止め
てはいけません 🔒
對面
向こうは車を 止めてもいいです。🔓

3. 20歳*未満の人はお酒を 飲んで
はいけません 。🔒

20歳*以上の人はお酒を 飲んでも
いいです 。🔓

4. このアパートでは犬や猫を 飼っては
いけません 。🔒

しかし、鳥や魚は 飼ってもいい
です 。🔓

4. 例のように答えなさい。

（例1）このりんごを食べてもいいですか。（ええ）

　　　ええ、そのりんごを食べてもいいです。

（例2）ここで遊んでもいいですか。（いいえ）

　　　いいえ、ここで遊んではいけません。

— 35 —

1．このアルバムを見てもいいですか。（ええ）🔒

    ええ、そのアルバムを見てもいいです。

2．ここにごみを捨ててもいいですか。（いいえ）🔒

    いいえ、ここにごみを捨ててはいけません。

3．テレビをつけてもいいですか。（ええ）🔒

    ええ、テレビをつけてもいいです。

4．ここでたばこを吸ってもいいですか。（いいえ）🔒

    いいえ、ここでたばこを吸ってはいけません。

5．今晩おふろに入ってはいけませんか。（いいえ）

    いいえ、今晩おふろに入ってもいいです。

6．辛い物を食べてはいけませんか。（ええ）🔒

    ええ、辛い物を食べてはいけません。

7．夜遅く電話をかけてはいけませんか。（ええ）🔒

    ええ、夜遅く電話をかけてはいけません。

8．うちで作文を書くとき、辞書を見てはいけませんか。（いいえ）🔒

    いいえ、うちで作文を書くとき、辞書を見てもいいです。

9．寮の部屋に友達を*泊めてもいいですか。（いいえ）🔒

    いいえ、寮の部屋に友達を泊めてはいけません。

10．*美術館の中で写真を撮ってはいけませんか。（ええ）🔒

    ええ、美術館の中で写真を撮ってはいけません。

5．例のように言いなさい。

（例1）この部屋に入ってもいいですか。（ええ）

    ええ、どうぞ入ってください。

（例2）ここにごみを捨ててもいいですか。（いいえ）

    いいえ、ここにごみを捨てないでください。

（例3）車で学校へ来てはいけませんか。（ええ）

    ええ、車で学校へ来ないでください。

1．今おふろに入ってもいいですか。（ええ）🔒

    ええ、どうぞ入ってください。

2．ここに洗濯物を干してはいけませんか。（ええ）🔒

    ええ、ここに洗濯物を干さないでください。

3．この部屋を使ってもいいですか。（いいえ）🔒

    いいえ、この部屋を使わないでください。

4．ここに荷物を置いてもいいですか。（いいえ）🔒

    ここに荷物を置かないでください。

5．窓を開けてもいいですか。（ええ）🔒

    ええ、窓を開けてください。

6．寮の部屋に友達を泊めてはいけませんか。（ええ）
　　　　ええ、寮の部屋に友達を泊めないでください.
7．ここでたばこを吸ってもいいですか。（いいえ）
　　　　いいえ、ここでたばこを吸わないでください.
8．ここに座ってもいいですか。（いいえ）
　　　　いいえ、ここに座らないでください.

6．例のように言いなさい。

（例）早く行く

　→　早く行かなくてもいいですか。

1．車を降りる　　車を降りなくてもいいですか

2．この本を買う　　この本を買わなくてもいいですか

3．電灯を消す　　電灯を消さなくてもいいですか

4．8時の電車に乗る　　8時の電車に乗らなくてもいいですか

5．お金を持ってくる　　お金を持って来なくてもいいですか

6．あした早く起きる　　あした早く起きなくてもいいですか

7．毎日掃除をする　　毎日掃除をしなくてもいいですか

8．あなたを待っている　　あなたを待っていなくてもいいですか

7．例のように言いなさい。

（例）病院へ行く

　→　病院へ行かなければいけません。

1．勉強をする　　勉強をしなければいけません.

2．すぐうちへ帰る　　すぐうちへ帰らなければいけません.

3．日本語で話す　　日本語で話さなければいけません.

4．薬をのむ　　薬を飲まなければいけません.

5．新宿で乗り換える 🔒新宿で乗り換えなければいけません．

6．8時にうちを出る 🔒8時にうちを出なければいけません．

7．毎日学校へ来る 🔒毎日学校へ来なければいけません．

8．宿題を出す 🔒宿題を出さなければいけません．

8．例のように「いいえ」で答えなさい。

（例1）あしたも学校へ来なければいけませんか。

　　　いいえ、来なくてもいいです。

（例2）漢字で書かなくてもいいですか。

　　　いいえ、漢字で書かなければいけません。

1．薬をのまなければいけませんか。🔒
　　いいえ、薬を飲まなくてもいいです．

2．ここで靴を脱がなければいけませんか。🔒
　　いいえ、ここで靴を脱がなくてもいいです．

3．今度の試験を受けなくてもいいですか。🔒
　　いいえ、今度の試験を受けなければいけません．

4．そこへ行く前に電話をかけなければいけませんか。🔒
　　いいえ、そこへ行く前に電話をかけなくてもいいです．

5．ここで車を降りなければいけませんか。🔒
　　いいえ、ここで車を降りなくてもいいです．

6．部屋を出るとき窓を閉めなくてもいいですか。🔒
　　いいえ、部屋を出るとき窓を閉めなければいけません．

7．今日お金を払わなくてもいいですか。🔒
　　いいえ、今日お金を払わなければいけません．

8．毎日部屋の掃除をしなければいけませんか。🔒
　　いいえ、毎日部屋の掃除をしなくてもいいです．

9．質問に答えなさい。

1．この漢字を全部覚えなければいけませんか。（はい）🔒
　　はい、この漢字を全部覚えなければいけません．

2．日曜日も早く起きなければいけませんか。（いいえ、日曜日は）🔒
　　いいえ、日曜日は早く起きなくてもいいです．

3．パーティーに行かなければいけませんか。（いいえ）🔒
　　いいえ、パーティーに行かなくてもいいです．

4．あなたのうちへ行く前に電話をかけなくてもいいですか。（ええ）🔒

ええ、私のうちへ行く前に電話をかけなくてもいいです。

5．*健康診断を受けなくてもいいですか。（いいえ）🔒

いいえ、健康診断を受けなければいけません。

6．英語は勉強しなくてもいいですか。（いいえ、英語も）🔒

いいえ、英語も勉強しなければいけません。

10．例のように質問の文を言いなさい。

（例1）A：料理を作らなければいけませんか。

B：いいえ、料理を作らなくてもいいです。

（例2）A：かぎをかけなくてもいいですか。

B：ええ、かぎをかけなくてもいいです。

16課

1．A：🔒毎日予習と復習をしなくてもいいですか。

B：いいえ、毎日予習と復習をしなければいけません。

2．A：🔒手紙は日本語で書かなければいけませんか

B：いいえ、手紙は日本語で書かなくてもいいです。

3．A：🔒今日手紙をださなくてもいいですか

B：いいえ、今日手紙を出さなければいけません。

4．A：🔒今度の試験は受けなくてもいいですか

B：いいえ、今度の試験は受けなければいけません。

5．A：🔒その本は買わなければいけませんか

B：いいえ、この本は買わなくてもいいです。

6．A：🔒あなたを迎えに来なければいけませんか

B：ええ、わたしを迎えに来なくてもいいです。

— 39 —

11.「～なければなりません」を使って言いなさい。

（例）あした試験があるから、今夜は勉強しなければなりません。

1.＊月末になりましたから、アパートの部屋代を払わなければなりません。

2.教室では日本語で話さなければなりません。

3.＊学生証には必ず写真を貼らなければなりません。

4.わたしは毎日込んでいる電車に乗らなければなりません。

5.国へ帰る前に再入国の手続きを　しなければなりません。

6.借りた物は必ず返さなければなりません。　（＊返す）

7.あした友達が日本へ来るから、空港へ迎えに行かなければなりません。

8.日本では人は道の＊右側を歩かなければなりません。

16課

12.（　）の動詞に「～なければなりません」か「～なくてもいいです」をつけて文を完成しなさい。

1.A大学は自分で大学まで願書を＿＿＿＿＿＿＿が、B大学は＿＿
＿＿＿＿＿。＊郵便で送ってもいいそうです。（持っていく）

2.授業がある日は早く＿＿＿＿＿＿＿が、休みの日は早く＿＿＿＿
＿＿＿＿＿。（起きる）

3.試験のときは名前を＿＿＿＿＿＿＿が、これは＊アンケートですから、名前を＿＿＿＿＿＿＿。（書く）

4.A大学の願書の＊締め切りは来週だから、今日はまだ願書を＿＿＿＿
＿＿＿＿＿が、B大学の締め切りは今日だから、すぐ＿＿＿＿＿＿
＿＿＿。（出す）

5．この本は図書館で借りられるから、＿＿＿＿＿＿＿＿＿が、辞書は

自分で＿＿＿＿＿＿＿＿＿。（買う）🔓← 🔓←

6．毎晩予習を＿＿＿＿＿＿＿＿＿が、あしたは休みですから、今晩は

予習を＿＿＿＿＿＿＿＿＿。（する）🔓← 🔓←

7．兄はもう*熱が*下がったから、薬を＿＿＿＿＿＿＿＿＿が、わたし

はまだ熱が高いから、薬を＿＿＿＿＿＿＿＿＿。（のむ）🔓← 🔓←

13．「〜ておく」を使って答えなさい。

A　パーティーの前にどんなことをしておきますか。

*ひやす

B　旅行の前にどんなことをしておきますか。

*ホテル　*よやくする

14. 例のように「〜のは〜」を使って文を完成しなさい。

（例）A：この寮にアンナさんも住んでいるでしょう。

B：いいえ、アンナさんはこの寮には住んでいません。アンナさんが住んでいるのは この近くのアパートです。

1．A：これはすばらしい絵ですね。あなたがこの絵をかいたのですか。

B：いいえ、わたしではありません。＿＿＿＿＿＿＿＿＿＿＿田中さんです。🔒

2．A：あなたが正男さんのおもちゃを*壊したのですか。

B：いいえ、＿＿＿＿＿＿＿＿＿＿＿＿＿ わたしではありません。猫が

テーブルの上から落としたんです。🔒

3．A：その辞書は例文が多いですか。

B：いいえ、これはあまり多くありません。＿＿＿＿＿＿＿＿＿＿＿＿

あの新日本語辞典です。🔒

4．A：あなたは料理が上手でしょう。

B：いいえ、わたしは下手です。＿＿＿＿＿＿＿＿＿＿小林さんです。🔒

5．A：*面接試験は大丈夫ですか。

B：ええ、たくさん練習しましたから、面接試験は大丈夫だと思います。一番

＿＿＿＿＿＿＿＿＿数学の試験です。🔒

6．A：お兄さんはアメリカへ行っているのでしょう。

B：いいえ、＿＿＿＿＿＿＿＿＿アメリカではありません。*ブラジルです。🔒

7．A：あなたは昨日入管へ行ったでしょう。

B：いいえ、入管ではありません。＿＿＿＿＿＿＿＿＿＿大使館です。🔒

8．A：お姉さんは大学でフランス語を勉強したそうですね。

B：いいえ、フランス語ではありません。＿＿＿＿＿＿＿＿ドイツ語です。🔒

15. 友達に聞きましょう。

1. 日本へ来たとき、留学生は*まずどんなことをしなければなりませんか。

2. 寮でしてはいけないことは何ですか。

3. あなたは入管へ行ったことがありますか。

   何をしに行ったのですか。

4. あなたはいつごろ*ビザの*更新をしなければなりませんか。

   どんな書類が必要か知っていますか。

   更新の手続きはほかの人に頼んでもいいですか。

5. 用事があるときは学校を休んでもいいですか。

   そのときはどうしなければなりませんか。

16. いろいろ話しなさい。

あなたはいつから日本に住んでいますか。日本でしてはいけないことをい

ろいろ話しなさい。

*また、あなたの国でしてはいけないことをいろいろ話しなさい。

言いましょう

A：だれかかわりのひとにたのんではいけませんか。

B：ええ、かならずじぶんでいかなければいけません。

— 43 —

17課

1. 「ので」を使って一つの文にしなさい。

1. ゆうべ強い風が*吹きました。桜の花が*散ってしまいました。　🔓

2. 今朝朝寝坊をしてしまいました。朝ご飯を食べる時間がありませんでした。　🔓

3. 今日は土曜日です。電車が*すいています。　🔓

4. この山は*紅葉がきれいです。秋にはおおぜいの人が見に来ます。　🔓

5. 今日は仕事が忙しかったです。とても疲れました。　🔓

6. *目覚まし時計が鳴りませんでした。遅刻してしまいました。　🔓

7. あの喫茶店はコーヒーがおいしいです。いつも込んでいます。　🔓

8. 昨日はいい天気でした。*ふとんを干しました。　🔓

9. 今日は用事があります。先に帰ります。　🔓

10. 高校生のとき、わたしは映画が好きでした。よく見に行きました。　🔓

2. 様態の「そう」を使って例のように言いなさい。

(例) このりんごはおいしそうです。(おいしい)

1. この映画は 面白そうです 。(面白い)　🔓

2. このかばんは 丈夫そうです 。(丈夫)　🔓

3. この*お菓子は おいしくなさそうです (おいしくない)　🔓

4. この辞書は 良さそうです 。(いい)　🔓

5. あのおじいさんはとても 元気そうです 。(元気)　🔓

6. この魚はあまり 新鮮ではなさそうです 。(新鮮ではない)　🔓

7. もう熱が下がったからあしたは学校へ 行けそうです 。(行ける)　🔓

8. ろうそくの*火が <u>消えそうです</u>。(消える) 🔒
   ひ

3. 例のように「いいえ」で答えなさい。
   れい   こた

（例）A：タクシーは来そうですか。
         れい   き

　　　B：いいえ、タクシーは<u>来そうもありません</u>。
                           き

1. この川には魚がいそうですか。🔒 <u>いいえ、ーいそうもありません、</u>
       かわ   さかな

2. この仕事は今日終わりそうですか。🔒 <u>いいえ、ーそうもありません、</u>
       しごと きょう お

3. 来週退院できそうですか。🔒 <u>いいえ、来週退院できそうもありません、</u>
   らいしゅうたいいん

4. 9時の新幹線に間に合いそうですか。🔒 <u>ーそうもありません、</u>
     じ しんかんせん ま あ

5. 春休みに国へ帰れそうですか。🔒 <u>ーそうもありません、</u>
   はるやす くに かえ

6. 全部食べられそうですか。🔒 <u>ーそうもありません、</u>
   ぜんぶ た

17課

4. 様態の「そう」を使って文を完成しなさい。
   ようたい   つか ぶん かんせい

*こわい

1. この映画は<u>怖そうだ</u>から、ほかの
     えいが
   にしませんか。🔒

2. あの人は<u>高そうな</u>コートを着てい
       ひと   き
   ます。🔒

3. 2人は<u>楽しそうに</u>踊っています。🔒
   ふたり   おど

4. 雨が<u>降りそうだ</u>から、傘を持ってい
きなさい。

5. 正男さんは<u>おいしそうに</u>アイスクリー
ムを食べています。

6. 子供が自転車に乗っています。お母さんは__
<u>心配そうに</u>見ています。

7. *網棚から荷物が<u>落ちそう</u>です。

8. 雨が<u>やみそうも</u>ないから、出掛ける
のを*やめましょう。

9. *ボタンが<u>取れそうだ</u>から、ほかのシ
ャツを着ていきます。

*とれる

10. 正男さんは<u>痛そう</u>です。

17課

5. 絵を見て例のように質問と答えを言いなさい。

（例）A：犬と猫と どちらが 大きいですか。

B：犬の方が 大きいです。

1. A：九州と北海道とどちらが 大きいですか。
B：北海道の方が 大きいです。

2. A：東京と大阪とどちらが 人（人口）が 多いですか。
B：東京の方が 多いです。

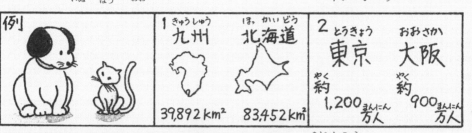

太い：胖
細い：瘦

*じんこう

*ねずみ

3. A：猫とねずみとどちらが 強いですか。
B：猫の方が 強いです。

5. A：ちきゅうとかせいとどちらが 小さいですか。
B：かせいの方が 小さいです。

4. A：ラヒムさんとアリフさんとどちらが 細いですか。
B：アリフの方が 細いです。

6. メニューを見て答えなさい。

*ていしょく　*やきにく　*カレーライス　*ラーメン　*チャーハン

17 課

A　次の質問に答えなさい。

1．焼肉定食はエビフライ定食より高いですか。 🔒
　　いいえ、エビフライ定食より安いです。

2．ラーメンはチャーハンより安いですか。 🔒
　　はい、チャーハンより安いです。

3．ハンバーグ定食は焼肉定食より高いですか。 🔒
　　いいえ、焼肉定食より安いです。

4．カレーライスはサンドイッチより安いですか。 🔒
　　いいえ、サンドイッチより高いです。

5．*メニューの中で一番高い物は何ですか。 🔒

6．その次に高い物は何ですか。 🔒

7．カレーライスとラーメンとチャーハンの中で何が一番高いですか。 🔒

8．ラーメンとサンドイッチとどちらが安いですか。 🔒

9．サンドイッチはチャーハンより高いですか。 🔒

10．カレーライスより安い物は何ですか。 🔒

B　メニューを見ていろいろ言いなさい。 🔒

7．「ため」を使って例のように言いなさい。

（例）わたしはアルバイトをしています。（オートバイを買います）

　→　わたしはオートバイを買うためにアルバイトをしています。

1．わたしは日本へ来ました。（大学で経済を勉強します） 🔒
　　大学で経済を勉強するために日本へ来ました。

2．6時にうちを出ます。（7時の新幹線に乗ります） 🔒
　　7時の新幹線に乗るために6時にうちを出ます。

3．弟はアルバイトをしています。（パソコンを買います） 🔒
　　パソコンを買うためにアルバイトをしています。

やせる（V.）
→ 纖瘦

4．毎日運動をしています。（やせます） 🔒
　　やせるために毎日運動をしています。

5．アンナさんは毎日練習をしています。（スピーチコンテストに出ます） 🔒
　　スピーチコンテストに出る毎日練習をしています。

6．兄はお金を*ためています。（*家を買います） 🔒
　　家を買うためにお金をためています。

7．*牛肉を買いました。（すき焼きを作ります） 🔒
　　すき焼きを作るために牛肉を買いました。

8. 「～も～し、～も～」を使って例のように言いなさい。

(例) 田中さんは英語が上手です。田中さんは中国語が話せます。

→ 田中さんは英語も上手だし、中国語も話せます。

1. アイちゃんは頭がいいです。アイちゃんは足が速いです。 🔒
   も いいし　　　も はや

2. 弟は野菜が好きではありません。弟は果物をあまり食べません。 🔒
   も 好きではないし　　も

3. アンナさんは歌が上手です。アンナさんはピアノが弾けます。 🔒
   も　　　し　　　　　　も

4. 日本へ来たときは日本語が話せませんでした。日本へ来たと
   も 話さないし
   きは友達がいませんでした。 🔒
   も

5. 昨日は雨が降っていました。昨日は風が強かったです。 🔒
   も降っていたし　　　も

6. 冷蔵庫を買わなければなりません。*電子レンジが必要です。 🔒
   も か　　　　らないし　　　も

7. 今日はいい天気です。今日は学校が休みです。 🔒
   もし

8. この部屋は静かです。この部屋は部屋代が安いです。 🔒
   だし　　　　　　　　　　　も

9. 例のように答えなさい。

(例) これは何という花ですか。(バラ)

→ これはバラという花です。

1. 小林さんは何という本を読んでいるのですか。(明暗) 🔒 明暗という本を
   読んでいるのです。

2. あれは何という野菜ですか。(*大根) 🔒 大根という野菜です。

3. あなたの保証人は何という人ですか。(木村さん) 🔒

4. キムさんは何という辞書を買いましたか。(新日本語辞典) 🔒

5. あの*ピンクの花は何という花ですか。(*カーネーション) 🔒

6. あなたのうちから一番近い駅は何という駅ですか。(*三鷹) 🔒

17課

— 49 —

10. 「～というのは～です」を使って例のように言いなさい。

(例)（東京ドーム、野球場）

A：東京ドームというのは何ですか。

B：東京ドームというのは野球場です。

1．（高尾山、東京にある山の名前）🔓 🔓

2．（三四郎、人の名前）

A：三四郎というのは何ですか。B：三四郎というのは人の名前です。

3．（ひまわり、花の名前）🔓 🔓

A：

4．（いただきます、食べるときの*あいさつ）🔓 🔓

5．（アイちゃん、*猿の名前）🔓 🔓

6．（*琵琶湖、日本で一番大きい*湖）🔓 🔓

A：琵琶湖というの何ですか。B：琵琶湖というのは日本で一番大き

7．（*さくらんぼ、果物の名前）🔓 🔓 い湖です。

8．（*エベレスト、*世界で一番高い山）🔓 🔓

聖母峰 ← A：エベレストというの何ですか。B：エベレストというのは世界で一番高
　　　　　　　　　　は　　　　　　　　　　　　　　　　　　　　　い山です。

11. 友達に聞きましょう。

1．あなたは夏と冬とどちらが好きですか。

2．日本で一番寒い月は何月か知っていますか。

3．あなたの国は日本より広いですか、狭いですか。

4．日本語は話すことと書くこととどちらが難しいですか。

5．あなたは何のために日本語を勉強しているのですか。

6．あなたは夏休みに国へ帰れそうですか。

7．あなたは何という高校を卒業しましたか。

8．あなたはどこで生まれましたか。

何歳で小学校に入りましたか。

9. あなたは何歳ぐらいで結婚したいですか。

12. いろいろ話しなさい。

日本とあなたの国はどんな*点が*違いますか。

言いましょう

A：あなたはりんごとみかんとどちらがすきですか。

B：りんごのほうがすきです。

18課
か

1. 例のように言いなさい。
れい　　　　い

（例）このスイッチを入れます。電灯がつきます。
れい　　　　　　　　　　い　　　　　でんとう

　→　このスイッチを入れると、電灯がつきます。
　　　　　　　　　　い　　　　　　でんとう

1. 夏になります。暑くなります。　🔒
なつ　　　　　　あつ

2. 友達から手紙が来ます。*うれしいです。　🔒
ともだち　　てがみ　き

3. *年を*取ります。目が悪くなります。　🔒
とし　　と　　　め　　わる

4. 散歩に*連れていきます。うちの犬は*喜びます。　🔒
さんぽ　　つ　　　　　　　　　　いぬ　　よろこ

5. 部屋が広いです。掃除が大変です。　🔒
へや　ひろ　　　　そうじ　たいへん

6. 駅に近いです。部屋代が高いです。　🔒
えき　ちか　　　　へやだい　たか

7. 歯が丈夫です。何でもおいしく食べられます。　🔒
は　じょうぶ　　なん　　　　　　　た

8. いい天気です。ここから富士山が見えます。　🔒
てんき　　　　　　　　ふじさん　み

2. 例のように言いなさい。
れい　　　　い

（例）予習をしません。授業が分かりません。
れい　よしゅう　　　　　じゅぎょう　わ

　→　予習をしないと、授業が分かりません。
　　　よしゅう　　　　　　じゅぎょう　わ

1. 復習をしません。*テストがよく*できません。　🔒
ふくしゅう

2. パスポートがありません。外国へ行くことができません。　🔒
がいこく　　い

3. *一生懸命練習しません。上手になりません。　🔒
いっしょうけんめいれんしゅう　　じょうず

4. *夕方になりません。涼しくなりません。　🔒
ゆうがた　　　　　　すず

5. 雪が多くありません。スキーはできません。　🔒
ゆき　おお

6. *熱くありません。*スープはおいしくありません。　🔒
あつ

7. *健康ではありません。働くことができません。　🔒
けんこう　　　　　　　はたら

— 52 —

8. 大きい辞書ではありません。この言葉は出ていません。 🔒
   おお　　　じしょ　　　　　　　　　　　　　　ことば　で

3. 絵を見て例のように言いなさい。
えみ　れい　　い

（例）春になると、花が咲きます。
れい　はる　　　　　　　はな　さ

例 *ボタン *おす *おゆ

1

2

3　2 + 3 = 5　*たす

4　100 - 1 = 99　*ひく

5　*おもいだす

6

7　*おくじょう

8　*うるさい

9

10

11

18 課

4. 例のように言いなさい。
れい　　　　　　い

（例）スイッチを入れます。電灯がつきません。
れい　　　　　　　　い　　　でんとう

→ スイッチを入れても、電灯がつきません。→即使開了開關,電燈還是沒亮
　　　　　　　　い　　　　でんとう

1. 薬をのみます。熱が下がりません。 🔒薬を飲んでも、熱が下がりません、
くすり　　　　　ねつ　さ

2. お金を入れます。切符が出ません。 🔒お金を入れでも、切符がでません、
かね　い（入れる）　きっぷ　で

3. *石けんで洗います。きれいになりません。 🔒石けんで洗っても、きれいになり
せ（洗う）エ.　あら　　　　　　　　　　　　　　　　　　　　　　　　　　ません
遙控器

4. *リモコンのボタンを押します。テレビがつきません。 🔒
（押す）エ.　　　　　お
（着ない）押しても、テレビがっきません.

5. コートを着ません。今日は寒くありません。 🔒
き　　　きょう　さむ
着なくても、今日は寒くありません

6. 目覚まし時計がありません。わたしは起きられます。 🔒
   めざ どけい　　　　　　　　　　　お
   闘鐘 *（ない）*
   なくても、

7. 毎日水をやりません。この花は大丈夫です。 🔒
   まいにちみず　　　　　　　　　　　はな　　だいじょうぶ
   上→下（人動 ← (やる＝あげる)(やらない) **やりなくても、**
   植物)

8. 辞書を使いません。この本は読めます。 🔒
   じしょ つか　　　　　　　　ほん よ
   使わなくても
   （使わない）

5. 例のように言いなさい。
   れい　　　　　　い

   （例） 難しい漢字です。すぐ覚えられます。
   　　　　むずか かんじ　　　　　おぼ

   → 難しい漢字でも、すぐ覚えられます。
   　　むずか かんじ　　　　　　おぼ

1. *暗いです。猫は目が見えます。 🔒
   くら　　　ねこ め み
   暗くても、

2. うるさいです。わたしは*眠れます。 🔒
   　　　　　　　　　　　ねむ
   うるさくても、

3. 背が高くありません。バスケットボールの選手になれますか。 🔒
   せ たか　　　　　　　　　　　　　　　せんしゅ
   背が高くなくても、

4. 部屋が広くありません。魚や*小鳥は飼うことができます。 🔒
   へや ひろ　　　　　さかな ことり か
   部屋が広くなくても、

5. 大きい辞書です。この言葉は出ていません。 🔒
   おお じしょ　　　ことば で
   大きい辞書でも、

6. 熱いおふろです。わたしは入れます。 🔒
   あつ　　　　　　　　　はい
   熱いお風呂でも

7. 日本語があまり上手ではありません。このアルバイトはできます。 🔒
   にほんご　　　じょうず
   でなくても

8. その大学の学生ではありません。学生食堂で食べることができます。 🔒
   だいがく がくせい　　　　　　がくせいしょくどう た
   でなくても、

6. 例のように文を完成しなさい。
   れい　　　　　ぶん かんせい

   （例） 東京では4月になると、桜が咲きます。しかし、北海道では4月に
   　　　　とうきょう　がつ　　　　さくら さ　　　　　ほっかいどう　がつ

   なっても、咲きません。
   　　　　　さ

1. わたしはお酒を飲むと、顔が赤くなります。しかし、田中さんは＿＿＿
   　　　　さけ の　　　かお あか　　　　　　　　たなか
   飲んでも、赤くなりません
   　　　　あか
   。 🔒

2. わたしは部屋が明るいと、眠れません。しかし、妹は **明るくても**
   　　　　へや あか　　　ねむ　　　　　　いもうと
   眠れます
   ねむ
   。 🔒

— 54 —

3. わたしはたくさん食べると、太ります。しかし、あの人は<u>たくさん</u>
<u>食べても、太りません</u>。 🔒

4. わたしはうるさいと、勉強ができません。しかし、弟は<u>うるさくて</u>
<u>も、勉強ができます。</u>。 🔒

5. いつもこのスイッチを入れると、電灯がつきます。しかし、今は<u>____</u>
<u>入れても、電灯がつきます。</u>。 🔒

6. 春になると、雪が*解けます。しかし、富士山の雪は<u>春になっても</u>
<u>(雪が) 解けません。</u>。 🔒

7. わたしはうちで練習しないと、漢字が覚えられません。しかし、あの
人は<u>練習しなくても、覚えられます</u>。 🔒

8. 父は眼鏡を掛けないと、新聞が読めません。しかし、母は<u>_____</u>
<u>掛けなくても、読めます</u>。 🔒

9. 雨だと、たいてい*プロ野球の試合は*中止になります。しかし、東京
ドームでは<u>雨でも、中止になりません</u>。 🔒

10. いい天気だと、学校の屋上から富士山が見えます。しかし、わたしの
家からは<u>いい天気でも、見えません</u>。 🔒

7. 質問に答えなさい。

1. 数学ができないと、あの大学に入れませんか。(いいえ) 🔒
いいえ、数学ができなくても～

2. 英語がよくできなくても、あの大学に入れますか。(いいえ) 🔒
いいえ、英語がよくできないと～

3. 寝る前にコーヒーを飲んでも、眠れますか。(いいえ) 🔒
いいえ、寝る前にコーヒーを飲むと～

4. あなたは眼鏡を掛けなくても、黒板の字が見えますか。(いいえ) 🔒
いいえ、眼鏡を掛けないと～

5. あなたは船に乗ると、気分が悪くなりますか。(いいえ) 🔒
いいえ、船に乗っても、

18課

6. この薬をのむと、眠くなりますか。（いいえ）🔒
いいえ、この薬をのんでも、眠くなりません。

7. あなたは静かでなくても、勉強ができますか。（いいえ）🔒
いいえ、私は静かでないと、勉強ができません。

8. 学生だと、*料金が安くなりますか。（いいえ）🔒
いいえ、学生でも、料金が安くなりません。

8. 例のように言いなさい。

（例）あの人はスポーツは何でもできます。

→ あの人はどんなスポーツでもできます。

1. あの人は歌は何でも歌えます。🔒あの人はどんな歌でも歌えます。

2. あの本屋には雑誌は何でもあります。🔒あの本屋にはどんな雑誌い あります。

3. あの人はお酒は何でも飲めます。🔒あの人はどんなお酒でも飲めま

4. あの人は料理は何でも作れます。🔒あの人はどんな料理でも作れま

5. あの人は仕事は何でも一生懸命やります。🔒あの人はどんな仕事でも
一生懸命やります。

9. 例のように言いなさい。

（例）アンナさんは髪が長いです。

→ アンナさんは長い髪をしています。

1. この人形は顔がかわいいです。🔒この人はかわい顔をしています。

2. この馬は目が優しそうです。🔒この馬は優しそうな目をしています。

3. リサさんは声がきれいです。🔒リサさんはきれい声をしています。

4. あの建物は形が面白いです。🔒あの建物は面白い形をしています。

5. 正男さんは顔が丸いです。🔒正男さんは丸い顔をしています。

6. アンナさんは目が青いです。🔒アンナさんは青い目をしています。

7. マリアさんは髪が短いです。🔒マリアさんは短い髪をしています。

8. タノムさんは声が低いです。🔒タノムさんは低い声をしています。

10.「～のよう」を使って文を完成しなさい。

*サンタクロース

1. あの子は＿＿＿＿＿＿＿＿＿＿帽子をかぶっています。🔓

2. 子供のライオンは＿＿＿＿＿＿＿＿です。🔓

3. わたしは＿＿＿＿＿＿＿空を飛びたいです。🔓

4. このビルは＿＿＿＿＿＿＿＿*細長いです。🔓

*ピラミッド

5. あの*博物館は＿＿＿＿＿＿＿＿＿形をしています。🔓

*にんげん

6. 猿は＿＿＿＿＿＿＿＿手で皮をむいてバナナを食べます。🔓

18課

7. あの*歌手は＿＿＿＿＿＿＿髪をしています。
　　　かしゅ　　　　　　　　　　　　かみ

🔓

8. ラヒムさんは＿＿＿＿＿＿＿手をしています。
　　　　　　　　　　　　　　　　　て

🔓

*グローブ

---

11. 「～過ぎる」を使って例のように言いなさい。
　　　　す　　　つか　れい　　　　　　い

（例） この帽子は大き過ぎます。前が見えません。
　れい　　　ぼうし　おお　す　　　まえ　み

1. ＿＿＿＿＿＿＿＿。持てません。🔓
　　　　　　　　　　　も

2. ＿＿＿＿＿＿＿＿。危ないです。🔓
　　　　　　　　　　　あぶ

3. ＿＿＿＿＿＿＿＿。飲めません。🔓
　　　　　　　　　　　の

*にがい

4. ＿＿＿＿＿＿＿＿＿＿＿＿＿＿＿＿＿。わたしは*点が
　　　　　　　　　　　　　　　　　　　　　　　　　　　てん

　*取れません。　
　　と

5. ＿＿＿＿＿＿＿＿＿＿＿＿＿＿＿＿＿。食べられません。
　　　　　　　　　　　　　　　　　　　　　　　　た

12.「～過ぎる」を使って文を完成しなさい。
　　　す　　　　　　つか　　ぶん　かんせい

　1. 昨日運動を＿＿＿＿＿＿＿＿ので、今日は体*じゅうが痛いです。（する）
　　　きのううんどう　　　　　　　　　きょう　からだ　　　　　いた

　2. お酒を＿＿＿＿＿＿＿いけませんよ。（飲む）
　　　さけ　　　　　　　　　　　　　　　の

　3. 今月はお金を＿＿＿＿＿＿＿しまいました。（使う）
　　　こんげつ　かね　　　　　　　　　　　　つか

　4. ご飯が＿＿＿＿＿＿ね。水を＿＿＿＿＿＿のでしょう。
　　　はん　　　　　　　　　　みず

　　　（*軟らかい）（入れる）
　　　　やわ　　　　　い

　5. 太ってしまうから、甘い物を＿＿＿＿＿＿いけません。（食べる）
　　　ふと　　　　　　　　あま　もの　　　　　　　　　　　た

　6. テレビを＿＿＿＿＿＿と、目が悪くなってしまいますよ。（見る）
　　　　　　　　　　　　　　め　わる　　　　　　　　　　み

　7. 小鳥に*えさを＿＿＿＿＿＿ください。（やる）
　　　ことり

13. 例のように言いなさい。
　　れい　　　　　い

　（例）わたし　靴　2足　持っている
　　れい　　　　　くつ　そく　も

　　　姉　20足　持っている
　　　あね　そく　も

　→　わたしは靴を2足しか持っていませんが、姉は20足も持っています。
　　　　　　くつ　そく＿＿も　　　　　　　　　あね　そく＿＿も

18課

1. わたし　　ご飯　　1杯　　食べる

　　兄　　3杯　　食べる　🔒↵

2. この学校　　学生　　100人　　いる

　　あの学校　　学生　　800人　　いる　🔒↵

3. わたし　　漢字　　100　　書ける

　　あの人　　漢字　　2000　　書ける　🔒↵

4. わたし　　傘　　1本　　持っている

　　姉　　5本　　持っている　🔒↵

5. ラヒムさん　　うち　　学校　　15分　　かかる

　　わたし　　1時間半　　かかる　🔒↵

6. わたし　　日本語の辞書　　1冊　　持っている

　　あの人　　5冊　　持っている　🔒↵

14.「そんなに～のですか」を使って答えなさい。

（例）A：兄は背が190センチぐらいです。

　　　B：そんなに高いのですか。

1. A：今日は本当に仕事が忙しかったです。昼ご飯を食べる時間がなかったのですよ。

　　B：🔒↵

2. A：わたしの国は冬は*マイナス10*度ぐらいになります。

　　B：🔒↵

3. A：去年300人ぐらいの留学生がこの大学を受けましたが、5人しか入れなかったそうです。

　　B：🔒↵

4．A：あの人は家から会社まで2時間もかかるそうです。
　　　　　ひと　いえ　　かいしゃ　　　　じかん

　　　B：🔓

5．A：あの人は兄弟が8人もいるそうです。
　　　　　ひと　きょうだい　　にん

　　　B：🔓

6．A：わたしは*ディズニーランドに10*回以上行ったことがあります。
　　　　　　　　　　　　　　　　　　　かいいじょう　い

　　　B：🔓

15. 友達に聞きましょう。
　　　ともだち　き

1．あなたは眼鏡を掛けなくても、黒板の字が見えますか。
　　　　　めがね　か　　　　　こくばん　じ　み

2．あなたは寝る前にコーヒーを飲むと、眠れなくなりますか。
　　　　　ね　まえ　　　　　　の　　　ねむ

3．あなたは電灯がついていても、眠れますか。
　　　　　でんとう　　　　　　ねむ

4．あなたは長い時間バスに乗ると、気分が悪くなりますか。
　　　　　なが　じかん　　　の　　　きぶん　わる

5．あなたはうちで練習しなくても、教科書の*暗記ができますか。
　　　　　　　れんしゅう　　　　きょうかしょ　あんき

6．あなたは静かでなくても、寝られますか。
　　　　　しず　　　　　　ね

7．あなたは食べ過ぎたことがありますか。
　　　　　た　す

8．_____さんはどんな声をしていますか。
　　　　　　　　　　こえ

9．あなたのお父さんとお母さんはどんな顔をしていますか。
　　　　　とう　　　　かあ　　　　　　かお

16. いろいろ話しなさい。
　　　　はな

1．あなたは動物を飼ったことがありますか。どんな動物を飼ってみたい
　　　　どうぶつ　か　　　　　　　　　　　　どうぶつ　か

　です。その動物についていろいろ話しなさい。
　　　　どうぶつ　　　　　　　はな

2．あなたの国の*季節や*気候についていろいろ話しなさい。
　　　　くに　きせつ　きこう　　　　　　　　はな

18課

言いましょう

A：かわいいねこですね。ちょっとだいてもいいですか。

B：どうぞ。おもいでしょう。ちょっとふとりすぎなのです。

18課

19課

1. 例のように「〜ば／〜なら」の形を言いなさい。

(例) 行く → 行けば

便利だ → 便利なら

好きな物ではない → 好きな物でなければ

1. 練習する 🔒←
2. 必要だ 🔒←
3. 多い 🔒←
4. 来る 🔒←
5. いい 🔒←
6. 静かではない 🔒←
7. 欲しくない 🔒← 欲しくなければ
8. 読める 🔒← 読めれば
9. 暇だ 🔒← 暇なら
10. 覚える 🔒← 覚えれば

11. もらう 🔒←
12. 病気だ 🔒←
13. 泳ぐ 🔒←
14. 寒くない 🔒←
15. 帰りたい 🔒←
16. 書けない 🔒←
17. 涼しい 🔒←
18. 来ない 🔒←
19. 良くない 🔒←
20. 面白い番組ではない 🔒←

2. 例のように「〜ば」を使って答えなさい。

(例) A：あなたは運動をしますか。(時間がある)

B：はい、時間があれば運動をします。

1. あなたはパソコンを買いますか。(いいのがある) 🔒←
   はい、いいのがあればパソコンを買います

2. あの人はわたしの話が分かるでしょうか。(*ゆっくり話す) 🔒←
   はい、ゆっくり話せば話が分かるでしょっか

3. あした学校へ行きますか。(熱が下がる) 🔒← 熱が下がれば学校へ行きます
   あなたの.はい、

4. あなたは動物を飼いたいですか。(家族がいいと言う) 🔒←
   はい、家族がいいと言えば動物を飼いたいです。

— 63 —

5. 九州へは飛行機で行きますか。（切符が取れる）🔒
   はい、切符が取れれば飛行機で行きます

6. *答えが分かると思いますか。（あの人に聞く）🔒
   はい、あの人に聞けば分かると思います

7. 間に合うと思いますか。（*急ぐ）🔒
   はい、急げば間に合うと思います

8. あなたは日本語の新聞が読めますか。（辞書を使う）🔒
   はい、辞書を使えば新聞が読めます

3．例のように「〜ば」を使って言いなさい。

(例) この大学に入れます。（数学がよくできる）

→ a. <u>数学がよくできれば</u>この大学に入れます。

b. <u>数学がよくできなければ</u>この大学に入れません。

1. 覚えられます。（復習する）🔒 *復習すれば覚えられます。*
   [復習しなければ覚えられません

2. 早く起きられます。（早く寝る）🔒 *早く寝れば早く起きられます.*
   [早く寝なければ早く起きられません

19課 9折

3. ①*割引きになります。（3000円以上買う）🔒 *3000円以上買えば1割引き*
   九折/九折 *[3000円以上買わなければ1割*

4. パーティーに参加します。（仕事が早く終わる）🔒 *[仕事が早く終われ*
   [仕事が早く終わら

5. この本が読めると思います。（辞書を使う）🔒 *[辞書を使えば〜ます*
   [辞書を使わなければ〜

6. わたしも行きます。（タノムさんが行く）🔒 *[タノムさんが行けば〜ます*
   [タノムさんが行かなければ

7. *会議に間に合います。（9時の新幹線に乗れる）🔒 *[9時の新幹線*
   [9時の〜乗れ

8. おいしくなるでしょう。（少し*塩を入れる）🔒
   [少し塩を入れればんでしょう
   少し塩を入れらなければおいしくならないでしょう

4．例のように「〜たら」を使って言いなさい。

(例) 弟が来月日本へ来るかもしれません。

→ a. <u>弟が日本へ来たら</u>、一緒に北海道へ行きます。

b. <u>弟が日本へ来なかったら</u>、旅行はしません。

1. タノムさんは来る<u>かどうか</u>わかりません。
   →不知道會不會來

a. タムさんが来たら、3人で*トランプをしましょう。 🔓

b. タムさんが来なかったら、2人でテレビゲームをしましょう。 🔓

2. 九州へ行かなければならないのですが、飛行機の切符が取れるかどう
　我必須去九州,不知道能不能買到(取得)飛機票
かわかりません。

a. 飛行機の切符が取れたら、飛行機で行きます。 🔓

b. 飛行機の切符が取れなかったら新幹線で行きます。 🔓

3. あの店にはカレーがあるかもしれませんね。那間店或許有賣咖哩飯也不一定

a. あったら、カレーを食べます。 🔓

b. なかったら、*スパゲティーを食べます。 🔓

4. 宿題が早く終わるかどうか分かりません。

a. 宿題が早く終わったら、今晩この*ビデオを見ます。 🔓

b. 宿題が早く終わらなかったらあした見ます。 🔓

5. あしたは熱が下がるでしょう。

a. 熱が下がったら、学校へ行きます。 🔓

b. 熱が下がらなかったら、あしたも休みます。 🔓

6. あした雨が降るかもしれません。

a. 雨が降ったら、*体育館でピンポンをしましょう。 🔓

b. 雨が降らなかったら、外でテニスをしましょう。 🔓

19課

5. 例のように「～ば」と「～たら」を使って言いなさい。

（例）（安い）たくさん買います。

→　a. 安ければたくさん買います。

　　 b. 安かったらたくさん買います。

— 65 —

＊より→比較的基準（AよりB…）

看到一半就回家

1.（試合がつまらない）途中で帰ります。🔒／🔒
試合がつまらなければ～／試合がつまらなかったら

2.（オートバイを買いたい）アルバイトをしなさい。🔒／🔒
請去打工（如果想買摩托車）オートバイを買いたければ／オートバイを買いた

3.（ビールよりジュースの方がいい）冷蔵庫から出して飲んでください。🔒／🔒
比起啤酒，更喜歡果汁的話。～の方がよければ～／～の方がよかったら～

4.（いい物がない）買わないつもりです。🔒／🔒
いい物がなければ～／いいものがなかったら～

5.（今お金がない）あしたでもいいですよ。🔒／🔒
今お金がなければ～／今お金がなかったら～

6.（言葉が分からない）辞書を＊引きます。🔒／🔒
言葉が分からなければ～／言葉が分からなかったら～

7.（黒板の字が見えない）前の席に座ってもいいですよ。🔒／🔒
黒板の字が見えなければ～／黒板の字が見えなかったら、

8.（おすしが好きではない）サンドイッチをどうぞ。🔒／🔒
おすしが好きでなければ～／おすしが好きでなかったら、

9.（お酒を飲みたくない）飲まなくてもいいですよ。🔒／🔒
お酒を飲みたくなければ～／お酒を飲みたくなかったら、

10.（日曜日ではない）いつでもいいですよ。🔒／🔒
日曜日でなければ～／日曜日でなかったら、

6．例のように「～なら」と「～たら」を使って言いなさい。

如果是簡單的工作，我可以做
（例）（簡単な仕事だ）わたしもできます。

→ a．簡単な仕事ならわたしもできます。

b．簡単な仕事だったらわたしもできます。

1.（英語だ）わかります。🔒／🔒
如果是英文的話，我懂。英語なら／英語だったら

2.（昔の歌だ）父も知っているかもしれません。🔒／🔒
昔の歌なら／昔の歌だったら、

3.（昼間だ）会社に電話をください。🔒／🔒
昼間なら／昼間だったら

4.（言葉が簡単だ）わたしも読めるでしょう。🔒／🔒
言葉が簡単なら／言葉が簡単だったら、

5.（あした暇だ）遊びに来てください。🔒／🔒
あした暇なら／あした暇だったら、

6.（＊健康保険証が必要だ）今うちへ帰って持ってきます。🔒／🔒
健康保険証が必要なら／健康保険証が必要だったら、

7.（歌うのが嫌だ）＊断ってもいいですよ。🔒／🔒
歌うのが嫌なら／歌うのが嫌だったら

8.（あしたの天気が心配だ）天気予報を見なさい。🔒／🔒
あしたの天気が心配なら／あしたの天気が心配だった

19課

7. 例のように言いなさい。

（例）（天気が悪い）わたしは出掛けるつもりです。

　　→　天気が悪くても、わたしは出掛けるつもりです。

1. （辞書を見る）この言葉の意味は分からないでしょう。🔒
　　辞書を見ても、～意味は分

2. （雨が降る）あまり涼しくならないでしょう。🔒
　　雨が降っても、～

3. （*暇がある）アルバイトはしないつもりです。🔒
　　暇があっても～

4. （子供だ）*大人と同じ料金を払わなければなりません。🔒
　　子供でも

5. （みんなが旅行に行く）わたしは行きません。🔒
　　みんなが旅行に行っても、～

6. （車を買う）学校へは電車で行きます。🔒
　　車を買っても、でしゃい

7. （易しい歌だ）わたしは歌えません。🔒
　　易さしい歌でも

8. （天気が悪い）わたしは出掛けるつもりです。🔒
　　天気が悪くても、

8. 例のように「いいえ」で答えなさい。

（例）A：辞書を使えば新聞が読めますか。

　　　B：いいえ、辞書を使っても新聞は読めません。

1. *台風が来ても旅行に行くのですか。🔒
　　いいえ、台風が来れば、旅行には～く
　　いいえ、台風が来たら、旅行には～

2. あした熱が下がったら運動してもいいですか。🔒
　　①いいえ、明日熱が下がっても運動はしてはいけません。

3. 知らない言葉があったら、辞書を見てもいいですか。🔒
　　いいえ、知らない言葉があっても辞書は見てはいけません

4. 風が強くてもテニスをしますか。🔒
　　①いいえ、風が強ければテニスはしません。②いいえ、風が強かったらテニスはしません

5. 風邪が*治らなかったら*水泳の練習は休みますか。🔒
　　いいえ、風邪が治らなくても水泳の練習は休みます

6. 運動が*苦手ならスポーツ*大会に出なくてもいいですか。🔒*即使不擅長,也必須*
　　いいえ、運動が苦手でもスポーツ大会には出なければいけ 参加。
　　ません。

7. 子供なら料金が安くなりますか。🔒
　　いいえ、子供でも料金は安くなりません。

8. 雨が降っても出掛けますか。🔒
　　いいえ、雨が降ったら出掛けません。

9．「〜ば／〜なら」を使って例のように答えなさい。

A　（例）A：値段が高くても買いますか。（はい、いい本）

B：はい、いい本なら買います。

1．辞書を使わなくても読めますか。（はい、文が易しい）🔒
はい、文が易しければ読めます

2．眼鏡を掛けなくても見えますか。（はい、大きい字）🔒
はい、大きい字なら見えます

3．忙しくても、映画を見ますか。（はい、面白い映画がある）🔒
はい、面白い映画があれば見ます

4．部屋が古くても借りますか。（はい、部屋代が安い）🔒 *如果房租便宜就會*
はい、部屋代が安ければ借ります

5．*給料が安くてもその仕事をしますか。（はい、面白い仕事）🔒 *即使薪
水也要這份*
はい、面白い仕事ならします

B　（例）A：雨が降ったら出掛けませんか。（いいえ、*ひどくない）

B：いいえ、ひどくなければ出掛けます。

1．風邪を引いていたらおふろに入りませんか。（いいえ、熱がない）🔒

2．薬をのめば病気が治りますか。（いいえ、寝ていない）🔒

3．高校の*成績が良ければこの大学に入れますか。

（いいえ、入学試験ができない）🔒

4．部屋代が高ければ借りませんか。（いいえ、いい部屋）🔒

5．形が悪かったらりんごを買いませんか。（いいえ、*味がいい）🔒

10．「〜たら」を使って言いなさい。

1．（夏休みになる）海へ行きます。🔒

2．（18歳になる）車の*免許を*取りたいです。🔒
18歳なたら

3．（桜が咲く）*花見に行きませんか。🔒
桜が咲いたら

4．（手紙をもらう）すぐ返事を書きなさい。🔒
手紙をもらったら

5．（*準備が*できる）すぐ出掛けましょう。🔒
準備ができたらすぐ出掛けましょう

6．（駅に着く）わたしに電話をください。 🔒 *駅に着いたら*
   えき つ　　　　　　　　　でんわ

7．（食事が終わる）*食器を*カウンターに返してください。 🔒
   しょくじ お　*食事が終わったら*　しょっき　　　　　　　　　かえ

8．（大学を卒業する）どんな仕事をしたいと思っていますか。 🔒
   だいがく そつぎょう　　　　　　しごと　　　　　　おも

11. 例のように「〜なら」を使って文を完成しなさい。
れい　　　　　　　　　　　つか　　ぶん かんせい

（例）A：わたしはアメリカへ行きたいと
れい　　　　　　　　　　　　　　い

　　　　思っています。
　　　　おも

　　　B：<u>アメリカへ行くなら</u>、この本を
　　　　　　　　　　い　　　　　　　ほん

　　　　読んでおきなさい。
　　　　よ

1．A：わたしは冬休みに京都へ行きたいと
　　　　　　　　ふゆやす きょうと い

　　　　思っています。
　　　　おも

　　　B：＿＿＿＿＿＿＿＿＿＿＿＿、いい

　　　ホテルを*紹介しましょう。 🔒
　　　　　　しょうかい

2．A：わたしはパソコンを買いたいのです
　　　　　　　　　　　　　　か

　　　が……。

　　　B：＿＿＿＿＿＿＿＿＿＿＿＿、秋葉原
　　　　　　　　　　　　　　　　あき は ばら

　　　がいいでしょう。 🔒

3．A：わたしは将来日本語*教師になりた
　　　　　　しょうらいにほんご きょうし

　　　いと思っています。
　　　　　おも

　　　B：＿＿＿＿＿＿＿＿＿＿＿、大学の
　　　　　　　　　　　　　　　　だいがく

　　　日本語*学科に入るのが一番いいで
　　　にほんご がっか はい　　　いちばん

　　　しょう。 🔒

19課

4．A：今度の休みに山へ行くつもりです。

　　B：＿＿＿＿＿＿＿＿＿＿＿＿＿、必ず
　　　レインコートを持っていきなさい。🔒←

5．A：わたしはタイの料理を食べてみたい
　　　のですが……。

　　B：＿＿＿＿＿＿＿＿＿＿＿＿＿、わたし
　　　がいい店を知っていますよ。🔒←

6．A：今晩パーティーがあります。

　　B：お酒を飲むのですか。

　　A：ええ、たぶん飲むでしょう。

　　B：＿＿＿＿＿＿＿＿＿＿＿＿＿、車で出
　　　掛けてはいけませんよ。🔒←

12. 例のように「～た方がいい」「～ない方がいい」を使って言いなさい。

（例1）雨が降りそうですから、傘を持っていった方がいいですよ。
　　　　　　　　　　　　　　（傘を持っていく）

（例2）もう寝ている人もいるから、大きい声で話さない方がいいで
　　すよ。
　　　　　　　　　　　　　（大きい声で話す）

1．あの映画を見ると眠れなくなりますから、見ない方がいいですよ。🔒←
　　　　　　　　　　　　　　　　　　（見る）

2．目が悪くなりますから、テレビを見過ぎない方がいいですよ。🔒←
　　　　　　　　　　　　（テレビを見過ぎる）

3．スピーチコンテストに出るなら、＿＿＿＿＿＿＿＿＿＿。🔒←
　　　　　　　　　　　　　（早く準備を*始める）

4．*ファッションの勉強をするなら、＿＿＿＿＿＿＿＿＿＿＿＿。　🔒

（*専門学校に入る）

5．風邪を引いているときは、＿＿＿＿＿＿＿＿＿＿＿＿。　🔒

（*夜更かしをする）→熬夜

6．あの大学を受けるなら、＿＿＿＿＿＿＿＿＿＿＿＿。　🔒

（数学を*しっかり勉強する）

7．A：少し熱がありますが、運動してもいいですか。

B：いいえ、熱があるときは <u>運動しないるがいいですよ</u>　🔒

（運動する）

8．A：行く前に電話をかけなくてもいいですか。

B：いいえ、行く前には <u>電話をかけたろがいいですよ</u>　🔒

（電話をかける）

13．（　）の言葉に「する」をつけて文を完成しなさい。

19課

（例）ラジオの音が大き過ぎるから、<u>小さくして</u>ください。（小さい）

1．テープの音がよく聞こえません。少し＿＿＿＿＿＿ください。（大きい）　🔒

2．スカートがちょっと長いですね。2センチぐらい＿＿＿＿＿＿方

がいいでしょう。（短い）　🔒

3．部屋が汚いから、＿＿＿＿＿＿ください。（きれい）　🔒

4．わたしはジュースに氷を入れて＿＿＿＿＿＿ました。（冷たい）　🔒

5．発音を＿＿＿＿＿＿ために、このテープを聴いて練習しようと思

っています。（いい）　🔒

6．わたしは*こんなにたくさん食べられません。ご飯を＿＿＿＿＿＿

ください。（少ない）　🔒

7．弟が勉強を始めたから、わたしはテレビの音を＿＿＿＿＿＿＿＿ました。(小さい) 🔒

8．わたしは体を＿＿＿＿＿＿＿＿ために毎日運動をしています。(丈夫) 🔒

14．「それ　あれ」「その　あの」「そこ　あそこ」の中から適当なものを選んで言いなさい。

1．A：あなたは田中さんを知っていますか。

　　B：ええ、よく知っていますよ。_あの_ 人は面白い人ですね。 🔒

2．A：昨日*浅草へ行きました。

　　B：浅草ですか。_そこ_ はどんな所ですか。 🔒

3．A：昨日友達から*チョコレートをたくさんもらいました。わたしは_それ_ を*半分正男さんにあげました。 🔒

　　B：正男さんは喜んだでしょう。_あの_ 子はチョコレートが大好きだと言っていましたから。 🔒

4．A：わたしはゆうべ新宿を歩いていました。_その_ ときタノムさんに会いましたよ。 🔒

　　B：そうですか。_それ_ は何時ごろですか。 🔒

5．A：わたしはこの間ディズニーランドへ行きました。

　　B：ああ、そうですか。_あそこ_ へはわたしも2度行ったことがあります。 🔒

6．A：わたしは最近「坊っちゃん」という小説を読みました。

　　B：ああ、_あれ_ は面白いですね。 🔒

15. 友達に聞きましょう。

1. あなたは夏休みになったら何をしたいですか。

2. あなたはこの学校を卒業したらどうしますか。

3. あなたは辞書を使えば日本の新聞が読めますか。

4. 国から友達が来たら、どこへ連れていきたいですか。

5. あなたは暇があったら何をしますか。

6. 風邪を引いたとき、どうすれば早く治るでしょうか。

7. 眠れないとき、どうすれば眠れると思いますか。

16. いろいろ話しなさい。

1. 「もしお金がたくさんあったら」

2. 「もしわたしが～だったら」

（例）日本の*首相

　　　男（女）

19課

言いましょう

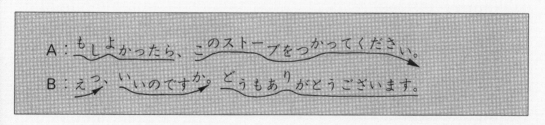

A：もしよかったら、このストーブをつかってください。

B：えっ、いいのですか。どうもありがとうございます。

20課

1. 例のように言いなさい。

　　（例）ラヒムさんはアンナさんの荷物を運びました。

　　　→　ラヒムさんはアンナさんの荷物を運んであげました。

　1. 水野さんはチンさんの作文の*間違いを*直しました。　🔓

　2. アンナさんは駅まで友達を迎えに行きました。　🔓

　3. わたしはみんなにそのことを*知らせます。　🔓

　4. わたしは友達を部屋に泊めるつもりです。　🔓

　5. 木村さんはマリアさんにいいホテルを紹介しました。　🔓

　6. チンさんはおじいさんに席を*譲りました。　🔓

2. 「～てあげました」を使って言いなさい。

もつ

　1. 正男さんは＿＿＿＿＿＿＿＿＿＿＿＿＿。

　　　🔓

おしえる　つかいかた

　2. 小林さんは＿＿＿＿＿＿＿＿＿＿＿＿＿。

　　　🔓

つれていく　あさくさ

3．木村さんは＿＿＿＿＿＿＿＿＿＿＿＿＿。
　　き むら

🔓←

かす

4．アリフさんは＿＿＿＿＿＿＿＿＿＿＿＿＿。

🔓←

てつだう

5．田中さんは＿＿＿＿＿＿＿＿＿＿＿＿＿。
　　た なか

🔓←

おくる

6．木村さんは＿＿＿＿＿＿＿＿＿＿＿＿＿。
　　き むら

🔓←

20課

３．例のように言いなさい。
　　　れい　　　　　い

　　（例）ラヒムさんはわたしの荷物を運びました。
　　　れい　　　　　　　　　　　　　　にもつ　はこ

　　　→　ラヒムさんはわたしの荷物を運んでくれました。
　　　　　　　　　　　　　　　　にもつ　はこ

１．あの人はわたしの仕事を手伝いました。　🔓←
　　　ひと　　　　　しごと　てつだ

２．先輩はわたしに日本料理を*ごちそうしました。　🔓←
　　せんぱい　　　　　にほんりょうり

３．木村さんは成田までわたしを迎えに来ました。　🔓←
　　き むら　　なりた　　　　　　むか　き

4. 小林さんはわたしに恋人の写真を*見せました。🔓
   こばやし　　　　　　　こいびと　しゃしん　　み

5. 田中さんはわたしの妹の作文を見ました。🔓
   たなか　　　　　　　いもうと　さくぶん　み

6. 木村さんはわたしをパーティーに*招待しました。🔓
   きむら　　　　　　　　　　　　　しょうたい

7. 小林さんはわたしの父を*東京タワーへ連れていきました。🔓
   こばやし　　　　　　ちち　とうきょう　　　　　つ

4.「～てくれました」を使って言いなさい。
つか　　　　　　　　　　　　　い

もつ

1. 正男さんは_____。
   まさお
   🔓

おしえる

2. 小林さんは_____。
   こばやし
   🔓

つれていく

3. 木村さんは_____。
   きむら
   🔓

かす

4. アリフさんは_____。
   🔓

20課

てつだう

5. 田中さんは＿＿＿＿＿＿＿＿＿＿＿＿＿＿＿。
  たなか

🔓

おくる

6. 木村さんは＿＿＿＿＿＿＿＿＿＿＿＿＿＿＿。
  きむら

🔓

5.「〜てもらいました」を使って言いなさい。
         つか   い

もつ

1. おばあさんは＿＿＿＿＿＿＿＿＿＿＿＿＿＿＿。

🔓

おしえる

2. アンナさんは＿＿＿＿＿＿＿＿＿＿＿＿＿＿＿。

🔓

つれていく

3. マリアさんは＿＿＿＿＿＿＿＿＿＿＿＿＿＿＿。

🔓

かす

4．わたしは＿＿＿＿＿＿＿＿＿＿＿＿＿＿＿＿＿＿。

てつだう

5．わたしは＿＿＿＿＿＿＿＿＿＿＿＿＿＿＿＿＿＿。

おくる

6．わたしは＿＿＿＿＿＿＿＿＿＿＿＿＿＿＿＿＿＿。

20課

6．「～てあげる」「～てくれる」「～てもらう」を使って言いなさい。

（例）春子さん（アイスクリームを買う）　→　正男さん

→　正男さんは春子さんにアイスクリームを買ってもらいました。

1．アリフさん（写真を撮る）　→　わたし

わたしは＿＿＿＿＿＿＿＿＿＿＿＿＿＿＿＿＿＿＿＿＿＿。

2．母（国のお菓子を*送る）　→　わたし

母は＿＿＿＿＿＿＿＿＿＿＿＿＿＿＿＿＿＿＿＿＿＿＿。

3．ジョンさん（英語の手紙を読む）　→　姉

姉は＿＿＿＿＿＿＿＿＿＿＿＿＿＿＿＿＿＿＿＿＿＿＿。

4. 父（お土産を買ってくる）　→　わたし

　　父は＿＿＿＿＿＿＿＿＿＿＿＿＿＿＿＿＿＿＿＿＿＿＿。🔓

5. 田中さん（絵をかく）　→　正男さん

　　田中さんは＿＿＿＿＿＿＿＿＿＿＿＿＿＿＿＿＿＿＿。🔓

6. リサさん（ピアノを弾く）　→　わたしたち

　　わたしたちは＿＿＿＿＿＿＿＿＿＿＿＿＿＿＿＿＿。🔓

7. だれ（*引っ越しを手伝う）　→　あなた

　　あなたは＿＿＿＿＿＿＿＿＿＿＿＿＿＿＿＿＿＿＿。🔓

8. だれ（作文を直す）　→　あなた

　　だれが＿＿＿＿＿＿＿＿＿＿＿＿＿＿＿＿＿＿＿＿。🔓

9. だれ（空港へ迎えに来る）　→　あなた

　　だれが＿＿＿＿＿＿＿＿＿＿＿＿＿＿＿＿＿＿＿＿。🔓

10. アリフさん（サッカーを教える）　→　チンさん

　　アリフさんは＿＿＿＿＿＿＿＿＿＿＿＿＿＿＿＿＿。🔓

20 課

7.「～てあげる」「～てくれる」「～てもらう」を使って答えなさい。

1. 友達が消しゴムがなくて困っていたら、あなたはどうしますか。🔓

2. 家に日本語の本を忘れたとき、あなたはどうしますか。🔓

3. おばあさんが重い荷物を持って歩いています。あなたはどうしますか。🔓

4. 電車の中で座って本を読んでいるとき、赤ちゃんを抱いているお

　母さんが乗ってきました。あなたはどうしますか。🔓

5. 財布を家に忘れてきて、昼ご飯が食べられません。あなたはどう

　しますか。🔓

6．あなたが質問をしたとき、先生はどうしますか。 🔒
　　　　しつもん　　　　　　　　せんせい

7．あなたが病気になったとき、お父さんやお母さんはどうしましたか。 🔒
　　　　びょうき　　　　　　　　とう　　　　　　かあ

8．友達が引っ越しをするそうです。あなたはどうしますか。 🔒
　　ともだち　ひ　こ

8．「～て」の形を使って、文を一つにしなさい。
　　　　　　　かたち　つか　　ぶん　ひと

（例）ゆうべは暑かったです。よく眠れませんでした。
　　れい　　　　あつ　　　　　　　　　　ねむ

　　→　ゆうべは暑くてよく眠れませんでした。
　　　　　　　　あつ　　　　ねむ

1．あなたに会えました。うれしいです。 🔒
　　　　　　あ

2．荷物が多いです。1人では持てません。 🔒
　　にもつ　おお　　　　ひとり　　　も

3．毎日忙しいです。手紙を書く時間がありません。 🔒
　　まいにちいそが　　　てがみ　か　じかん

4．わたしは絵が下手です。恥ずかしいです。 🔒
　　　　　　え　へた　　は

5．わたしは食べ過ぎました。おなかが痛くなりました。 🔒
　　　　　　た　す　　　　　　　　　いた

6．*約束の時間に遅れました。*すみません。 🔒
　　やくそく　じかん　おく

7．ゆうべはオートバイの音がうるさかったです。勉強できませんでした。 🔒
　　　　　　　　　　おと　　　　　　　　　べんきょう

8．財布を忘れました。とても困りました。 🔒
　　さいふ　わす　　　　　　　こま

9．あの人に会えませんでした。残念でした。 🔒
　　　ひと　あ　　　　　　　　ざんねん

10．あしたの試験が心配です。眠れません。 🔒
　　　　　しけん　しんぱい　ねむ

9．例のように言いなさい。
　　　れい　　　　い

（例）わたしは学校を休みました。（風邪）
　　れい　　　　がっこう　やす　　　　かぜ

　　→　わたしは風邪で学校を休みました。
　　　　　　　かぜ　　がっこう　やす

1．電車が遅れました。（事故） 🔒
　　でんしゃ　おく　　　　　じこ

2．家が壊れました。（地震） 🔒
　　いえ　こわ　　　　　　じしん

３．わたしは学校を休みました。（病気） 🔒

４．木村さんは来月大阪へ行きます。（会社の仕事） 🔒

５．新幹線が止まりました。（雪） 🔒

６．あの人の*おじいさんは去年*亡くなったそうです。（病気） 🔒

10. 例のように言いなさい。

A （例）（風邪　熱があります）今日はハイキングに行けません。

→ 風邪で熱があるので、今日はハイキングに行けません。

（東京に*大雪が降りました　電車が止まりました）学校が休みに

なりました。

→ 東京に大雪が降って電車が止まったので、学校が休みにな

りました。

1．（病気　学校を休みました）試験が受けられませんでした。 🔒

2．（歯が痛いです　固い物が食べられません）軟らかい物を食べて

います。 🔒

3．（事故　電車が動きませんでした）学校に遅れました。 🔒

4．（用事があります　大阪へ行きます）あさっては学校へ来られません。 🔒

5．（旅行の準備　忙しいです）パーティーには行けません。 🔒

6．（帰るのが遅くなりました　バスがありませんでした）歩いて

帰りました。 🔒

7．（地震　新幹線が遅れました）とても困りました。 🔒

8．（子供が風邪を引きました　熱が高かったです）病院へ連れてい

きました。 🔒

20課

B（例）（風邪　　子供が寝ています）静かに話してください。

→ 風邪で子供が寝ていますから、静かに話してください。

（たくさん歩きました　　疲れました）少し休みたいです。

→ たくさん歩いて疲れたから、少し休みたいです。

1．（仕事　　遅くなります）ご飯は先に食べてください。 🔒

2．（あの道は狭いです　　通れそうもありません）ほかの道を通った方がいいですね。 🔒

3．（用事　　区役所へ行かなければなりません）今日の午後は早く帰りたいと思っています。 🔒

4．（電車の音がうるさいです　　よく聞こえません）大きい声で言ってください。 🔒

5．（試験の準備　　忙しいです）あしたのパーティーにはあまり出たくありません。 🔒

6．（ゆうべは試験のことが心配でした　　よく眠れませんでした）今晩は早く寝るつもりです。 🔒

7．（雪　　電車が遅れるかもしれません）少し早くうちを出た方がいいですよ。 🔒

8．（この道は車が多いです　　危ないです）ここで遊んではいけません。 🔒

11．**例のように言いなさい。**

（例）あした試験があります。あの人は遊んでいます。

→ あした試験があるのに、あの人は遊んでいます。

1．今日は日曜日です。チンさんは朝早く学校へ行きました。 🔒

2. 部屋が暗いです。マリアさんは電灯をつけないで本を読んでいます。　🔓

3. 授業が始まりました。あの学生はまだ食堂にいます。　🔓

4. 雨が降っています。どうして傘をささないのですか。　🔓

5. 約束をしました。あの人は来ませんでした。　🔓

6. この歌は有名です。あの人は知りませんでした。　🔓

7. ゆうべの地震は大きかったです。あの人は知らなかったそうですよ。　🔓

8. わたしはあいさつをしました。あの人は何も言いませんでした。　🔓

12. 「のに」を使って、例のように言いなさい。

(例)（早くうちを出ました）

→　早くうちを出た<u>のに</u>、遅れてしまいました。

1.　（あの人は歌が上手です）　🔓

2.　（ゆうべ早く寝ました）　🔓

3.　（あの人はまだ高校生です）　🔓

4.　（今朝たくさん食べました）　🔓

5.　（１週間前に手紙を出しました）　🔓

6.　（今日は寒いです）　🔓

7.　（あの人は初めてスキーをしました）　🔓

8.　（この漢字は昨日習いました）　🔓

13. 「～たら」を使って、例のように言いなさい。

(例)　家へ帰りました。手紙が来ていました。

→　家へ帰っ<u>たら</u>、手紙が来ていました。

1. 首相に手紙を書きました。返事が来ました。🔓
　　しゅしょう　てがみ　か　　　　　　へんじ　き

2. 夜、コーヒーを飲みました。眠れなくなりました。🔓
　　よる　　　　　　　の　　　　　ねむ

3. 日曜日にテニスをしました。次の日に体が痛くなりました。🔓
　　にちようび　　　　　　　　つぎ　ひ　からだ　いた

4. 先生が「何か質問はありませんか。」と言いました。ラヒム
　　せんせい　なに　しつもん　　　　　　　　　い

　　さんが手を*挙げました。🔓
　　　　て　あ

5. 東京タワーに上りました。富士山が見えました。🔓
　　とうきょう　　　　　のぼ　　　　ふじさん　み

6. 家へ帰って時計を見ました。ちょうど12時でした。🔓
　　いえ　かえ　とけい　み　　　　　　　　じ

7. 窓を開けました。雪が降っていました。🔓
　　まど　あ　　　　ゆき　ふ

8. 教室に入りました。先生がもう来ていました。🔓
　　きょうしつ　はい　　　せんせい　　　き

14. 絵を見て例のように言いなさい。
　　　え　み　れい　　　　　い

（例）雨がやんだら、虹が出ました。
　れい　あめ　　　　　にじ　で

20課

*よぶ　　　　*なく

*ちょうちょう

— 84 —

15. 「～でしょうか」を使って、例のように言いなさい。

(例) あした入管へ再入国許可の申請に行きたいのですが、何が必要でしょうか。

1. パスポートを*なくしてしまったのですが、_____。 🔒

2. すみません。タノムさんに会いたいのですが、タノムさんの部屋は

   _____。 🔒

3. 時計を持っていないのですが、今_____。 🔒

4. 辞書を忘れてしまいました。この辞書を_____。 🔒

5. その席は*空いていますか。そこに_____。 🔒

6. 先生、ちょっと分からないことがあるのですが、_____。 🔒

7. 先生、願書を書いたのですが、これで_____。 🔒

8. お金を入れたのに切符が出てきません。_____。 🔒

9. ここから目黒までどのくらい時間が_____。 🔒

20課

16. 友達に聞きましょう。

1. あなたが日本へ来たとき、だれか迎えに来てくれましたか。

2. あなたは勉強が分からないとき、だれに教えてもらいますか。

3. あなたは友達に何か貸してあげたことがありますか。

   あなたは友達から何か貸してもらったことがありますか。

4. あなたは友達を部屋に泊めてあげたことがありますか。

   あなたは友達の部屋に泊めてもらったことがありますか。

5. あなたが子供のとき、お父さんやお母さんはどんなことをしてくれましたか。

6．あなたは病気で学校を休んだことがありますか。

7．用事があって早く帰りたいとき、あなたは先生に何と言いますか。

8．地震があったときはどうしたらいいでしょうか。

17. いろいろ話しなさい。

1．あなたは日本語が分からなくて困ったことがありますか。

そのときのことをいろいろ話しなさい。

2．あなたは日本へ来てから、だれかに親切に*してもらったことがありま

すか。そのときのことをいろいろ話しなさい。

言いましょう

A：ていきけんをおとしてしまったのですが、どうしたらいいでしょうか。

B：えきのじむしつへいって、きいてみてください。

20課

21課

1. 例のように受身の動詞を言いなさい。

（例）聞く　　→　聞かれる

　　　開ける　→　開けられる

1. *しかる 🔒
2. 言う 🔒
3. *たたく 🔒
4. 盗む 🔒
5. 来る 🔒
6. 死ぬ 🔒
7. 降る 🔒

8. 止める 🔒
9. 忘れる 🔒
10. 閉める 🔒
11. 壊す 🔒
12. *汚す 🔒
13. *破る 🔒
14. *質問する 🔒

15. 誘う 🔒
16. 読む 🔒
17. 泣く 🔒
18. 食べる 🔒
19. 見る 🔒
20. かける 🔒

2. 受身の文に変えなさい。

（例）ラヒムさんはアリフさんを映画に誘いました。

　　→　アリフさんはラヒムさんに映画に誘われました。

1. 先生は正男さんをほめました。 🔒

2. リサさんはマリアさんをピアノの演奏会に誘いました。 🔒

3. 小林さんはアンナさんを食事に招待しました。 🔒

4. 先生はシンさんを職員室に*呼びました。 🔒　呼ばれました

5. お母さんは正男さんをしかりました。 🔒
　正男さんはお母さんにしかられました

6. おじいさんとおばあさんは正男さんをかわいがっています。 🔒
　正男さんはおじいさんとおばあさんにかわいがられています

7. 男の人が川に落ちた女の子を*助けました。　女の人に助けられました、
　川に落ちた女の人助けました

8. お母さんは毎朝7時に正男さんを*起こします。 🔒
　正男さんはお母さんに毎朝7時に起これる起ます
　　　　　　　　　　　　　　　　されます

3．受身の文に変えなさい。

（例）木村さんはわたしに「日本語が上手になりましたね。」と言いました。

→　わたしは木村さんに「日本語が上手になりましたね。」と言われました。

1．アリフさんは小林さんに漢字の*読み方を聞きました。🔓

小林さんはアリフさんに漢字の読み方を聞かれました。

2．先生はアリフさんに「遅れないでください。」と注意しました。🔓

アリフさんは先生に「遅れないでください」と注意されました。

3．お医者さんはわたしに「薬をのむのを忘れないでください。」
　　と言いました。🔓

4．アンナさんは小林さんに「ギターを弾いてください。」と頼みました。🔓

5．アリフさんはラヒムさんに「今日は時間がありません。」と断りました。🔓

6．母はわたしに「体に気をつけなさい。」と言いました。🔓

7．先生は*授業 中わたしに何度も質問しました。🔓

8．おばあさんがわたしに道を聞きました。🔓

4．受身の文に変えなさい。

（例）弟がわたしのカメラを壊してしまいました。

→　わたしは弟にカメラを壊されてしまいました。

1．兄はわたしのケーキを食べました。🔓

2．ラヒムさんはアンナさんの本を汚してしまいました。🔓

3．だれかがわたしのお金を盗みました。🔓

4．だれかがアリフさんの手紙を見ました。🔓

5．チンさんはアリフさんの自転車を壊してしまいました。🔓

6．妹がわたしのノートを破ってしまいました。🔓

7. 犬がわたしの足を*かみました。　🔓

8. 電車の中で若い女の人がわたしの足を*踏みました。　🔓
でんしゃ　なか　わか　おんな　ひと　　　　　あし　ふ

9. お母さんは正男さんの*おしりをたたきました。　🔓
かあ　　　まさお

10. 母がわたしの*日記を読みました。　🔓
はは　　　　にっき　よ

5. 受身を使って文を完成しなさい。 主動式翻譯　★一旦…就會…
うけみ　つか　ぶん　かんせい　　　　　　　　　　　（因果關係）

1. (雨が降りました。)
あめ　ふ

＿＿＿＿＿＿＿＿＿＿、服もかばんもぬれてしまいました。　🔓
ふく

2. (電車の中で子供が泣きました。)
でんしゃ　なか　こども　な

＿＿＿＿＿＿＿＿＿＿、お母さんは困っていました。　🔓
かあ　　こま

3. (お父さんが死にました。) 據説那個人因為爸爸去世而無法念高中。
とう　　し

あの人は お父さんに死なれて 、高校に行けなかったそうです。　🔓
ひと　　　　　　　　こうこう　い

4. (試験の前の*晩に友達が遊びに来ました。) 考試前一晚朋友來玩，
しけん　まえ　ばん　ともだち　あそ　き　　　　害我有點困擾。

試験の前の晩に友達に遊びに来られて わたしはちょっと困りました。　🔓
しけん　まえ　ばん　ともだち　あそびに　こ　　　　　　　　　こま

5. (前の席に体の大きい人が座りました。) 體型壯碩的人坐在我前面，
まえ　せき　からだ　おお　ひと　すわ　　　　害我看不到電影。

(主動式翻) 体の大きい人に前の席に座られてわたしは映画が見えなくなりました。　🔓
からだ　おお　ひと　まえ　せき　すわ　　　　　　　　えいが　み

6. (隣の人がピアノを弾きます。) 隔壁人一彈起鋼琴，就害我聽不到電視的聲音。
となり　ひと　　　　　　ひ

隣の人にピアノを弾かれる と、テレビの音が聞こえなくなります。　🔓
となり　ひと　　　　　ひ　　　　　　　おと　き

7. (アルバイトの人が*突然*辞めました。) 打工的人突然辭職，害我
ひと　とつぜん　や　　　　爸爸的公司很困擾。

アルバイトの人に突然辞められて、父の会社は困っています。　🔓
ひと　とつぜんや　　　ちち　かいしゃ　こま

8. (狭い道に車を止めます。) 把車停在狭小的道路，
せま　みち　くるま　と　　　莫他的車就無法通過。

狭い道に車を止められる と、ほかの車が通れなくなります。　🔓
せま　みち　くるま　と　　　　　　　くるま　とお

— 89 —

9.（うちの前に高いビルを*建てました。）

我家前面蓋了一棟高樓，日照就變差了。

家の前に高いビルを建てられて、*日当たりが悪くなりました。🔒

10.（うちの前にごみを捨てます。）我家門前被丟了垃圾，我覺得很困擾。

家の前にごみを捨てられて、わたしは困っています。🔒

6．下の動詞を使って受身の文を言いなさい。

（例）正男さんはお父さんにしかられました。

2、水野さんは田中さんに「映画を見にいきませんか」誘

しかる　ほめる　さそう　かむ

1、正男さんはお母さんにほめられました。

ことわる　たのむ　しつもんする　ちゅういする

ふむ　*とる　なく　くる

7．（　）の言葉を使って受身の文を言いなさい。

1．毎年4月の初めに*入学式を行います。（入学式が）🔒

毎年4月の初めに入学式が行われます。
おこな

— 90 —

2. 試験の時は席を*指定します。（席が）🔒
しけん とき せき してい
試験の時は席が指定されます。

3. 願書の*受付を1月30日に*締め切ります。（願書の受付は）🔒
がんしょ うけつけ
願書の受付は1月30日に締め切ります。
がんしょ うけつけ がつ にち し き

4. 来月スポーツ大会を*開きます。（スポーツ大会が）🔒
らいげつ たいかい ひら
来月スポーツ大会が開かれます。

5. 毎日テレビでいろいろな番組を*放送しています。
まいにち ばんぐみ ほうそう
毎日テレビでいろいろな番組が 放送 （いろいろな番組が）🔒
されています ばんぐみ

6. あの大学ではあした*合格者を*発表します。（合格者が）🔒
だいがく ごうかくしゃ はっぴょう
あの大学ではあした合格者が発表されます

7. *毎月1回留学生のための雑誌を*発行しています。
まいつき かいりゅうがくせい ざっし はっこう
毎月1回留学生のための雑誌が（留学生のための雑誌が）🔒
発行されています りゅうがくせい ざっし

8. ゆうべ*新入生を迎えるパーティーを開きました。
しんにゅうせい むか ひら
ゆうべ新入生を迎えるパーティーが（新入生を迎えるパーティーが）🔒
開かれました しんにゅうせい むか

9. 今はいろいろな所で*コンピューターを使っています。
いま ところ つか
今はいろいろな所でコンピューターが（コンピューターが）🔒
使われますています

10. 二つの駅の*間に新しい駅を造ります。（新しい駅が）🔒
ふた えき あいだ あたら えき つく あたら えき
二つの駅の間に新しい駅が造られます

11. 若い人たちがよくこの本を読んでいます。（この本は）🔒
わか ひと ほん よ
若い人たちがよくこの本を この本は若い人たちによく読んでい～

12. みんながこの歌を知っています。（この歌は）🔒
うた し うた

21課

8. 「～ように（と）」を使って例のように言いなさい。
つか れい い

（例）a. 母はわたしに掃除を手伝うようにと言いました。（主動式）
れい はは そうじ てつだ い

b. わたしは母に掃除を手伝うようにと言われました。（被動式）
はは そうじ てつだ い

a. お医者さんは私に明日もう一度来る
ようにと言いました。

b. 私は医者さんに明日もう一度来るように
と言われました。

21 課

9.「～らしいです」を使って言いなさい。

1. 道がぬれています。ゆうべ雨が <u>降ったらしいです</u>。

2. あの人は刺身を食べません。刺身が <u>嫌いらしいです</u>。

3. アリフさんの部屋の電灯が消えています。アリフさんはもう _____ <u>寝たらしいです</u>。

4. 玄関のチャイムを*鳴らしましたが、だれも出てきません。みんな ＿＿＿＿ 出掛けたらしいです 。🔒←

5. *映画館から人がおおぜい出てきました。今映画が 終わったらしいです ＿＿＿＿＿。 🔒←

6. この漢字のテストには名前が書いてありません。でも、この字はラヒムさんの字に似ています。名前を書くのを忘れたのは ラヒムさん らしいです 。 🔒←

7. *消防車が*サイレンを鳴らしながら走っていきます。どこかで 火事 があったらしいです 。 🔒←

8. あの*ラーメン屋の前にはいつも人がおおぜい並んでいます。あの店のラーメンは おいしいらしいです 。 🔒←

10. a.「～てもらう」の言い方と　b. 受身の言い方とどちらが適当ですか。
適当な方を選んで言いなさい。

21課

1. おばあさんは目が悪いので、手紙を*孫に（a. 読んでもらいました　b. 読まれました）。🔒←

2. あの人は恋人から来た手紙を友達に（a. 読んでもらって　b. 読まれて）、とても*怒っています。🔒←

3. わたしはあまりおすしは好きではないので、友達に（a. 食べてもらいました　b. 食べられました）。🔒←

4. わたしは*入口に置いておいた傘をだれかに（a. 持っていってもらいました　b. 持っていかれました）。🔒←

5．わたしは下手な歌を友達に（a．聞いてもらって　b．聞かれて）、恥ずかしかったです。🔒

6．わたしはスキーに（a．連れていってもらって　b．連れていかれて）、とてもうれしかったです。🔒

7．わたしは道を歩いていたとき、だれかに*肩を（a．たたかれて　b．たたいてもらって）、*びっくりしました。🔒

8．おばあさんは正男さんに肩を（a．たたいてもらって　b．たたかれて）、*気持ちが良さそうです。🔒

9．わたしは引っ越しをするとき、友達に手伝いに（a　来てもらいました　b　来られました）。🔒

11. 友達に聞きましょう。

1．あなたは国を出るとき両親にどんなことを言われましたか。

2．この学校の入学式はいつ行われましたか。

3．*卒業式はいつ行われるか知っていますか。

4．あなたは先生にうちでどんなことをするように言われていますか。

5．あなたは何か*失敗して人に笑われたことがありますか。

6．あなたは何か盗まれたことがありますか。

7．今度のオリンピックはいつどこで行われるか知っていますか。

8．あなたはほめられたりしかられたりしたことがありますか。

12. いろいろ話しなさい。

あなたの国の*都市にはどんな*問題がありますか。

言いましょう

きのうがっこうでスポーツたいかいがおこなわれました。
わたしたちのクラスはゆうしょうできませんでしたが、
たのしいいちにちでした。

22課

1．例のように使役の動詞を言いなさい。

（例）行く → 行かせる

閉める → 閉めさせる

1．作る
2．読む
3．覚える
4．する
5．立つ
6．来る
7．急ぐ

8．話す
9．＊驚く
10．困る
11．喜ぶ
12．開ける
13．勉強する
14．持ってくる

15．言う
16．びっくりする
17．つける
18．浴びる
19．確かめる
20．笑う

2．下の動詞を使って例のように使役の文を言いなさい。

（例）先生は正男さんを立たせました。

例　せんせい　まさお　たつ

1　ちち　わたしたち　あるく

2　おいしゃさん　ラヒム　にゅういんする

3　はるこ　わたし　まつ

4　おかあさん　こどもたち　こうえんであそぶ

5　がくせいたち　せんせい　はしる

6　おかあさん　まさお　おふろにはいる

7　しゃちょう　しゃいん　＊おそくまではたらく　しゃちょう　＊しゃいん

22課

3. 下の動詞を使って例のように使役の文を言いなさい。
した どうし つか れい しえき ぶん い

（例）先生は子供たちに帽子をかぶらせました。
れい せんせい こども ぼうし

| 例 かぶる | 1 あらう | 2 もつ | 3 *じこしょうかいをする |

| 4 かく | 5 ならべる | 6 やめる | 7 のむ |

4. 下の動詞を使って例のように使役の文を言いなさい。
した どうし つか れい しえき ぶん い

（例）弟は病気を*して、両親を心配させました。
れい おとうと びょうき りょうしん しんぱい

| 例 びょうきをする *しんぱいする | 1 げんきになる あんしんする | 2 だいがくにごうかくする よろこぶ | 3 かぎをあける おどろく |

| 4 おもしろいかおをする わらう | 5 かおをたたく なく | 6 うそをつく *かなしむ | 7 *むだづかいをする こまる |

22 課

5．次の文を使役の動詞を使って完成しなさい。

1．この荷物を駅まで運ばなければなりませんが、わたしは忙しいので妹に_____。🔒

2．あの人に歌を_____みましょう。きっと上手だと思いますよ。🔒

3．あの人は*冗談を言って、いつもみんなを_____。🔒

4．社長は社員に書類を*社長室まで持って_____ました。🔒

5．マリアさんは泣いていますよ。あなたが何か悪いことを言ってマリアさんを_____のでしょう。🔒

6．わたしは娘に３歳のときからピアノのレッスンを_____ました。🔒

7．時間に遅れて、友達を_____のはよくありませんよ。🔒

8．わたしは子供のとき病気をして、よく両親を_____。🔒

6．例のように使役の受身の動詞を言いなさい。

（例）行く　　　→　　　行かされる

　　　覚える　　→　　　覚えさせられる

1．書く 🔒　　　　　6．調べる 🔒　　　　11．閉める 🔒

2．食べる 🔒　　　　7．読む 🔒　　　　　12．待つ 🔒

3．立つ 🔒　　　　　8．する 🔒　　　　　13．走る 🔒

4．やめる 🔒　　　　9．買う 🔒　　　　　14．開ける 🔒

5．遊ぶ 🔒　　　　　10．来る 🔒　　　　　15．話す 🔒

16. 急ぐ 🔒←
　　いそ
17. 心配する 🔒←
　　しんぱい
18. 飲む 🔒←
　　の

19. 持ってくる 🔒←
　　も
20. 返す 🔒←
　　かえ
21. 勉強する 🔒←
　　べんきょう

22. 運ぶ 🔒←
　　はこ
23. 困る 🔒←
　　こま
24. 言う 🔒←
　　い

7．次の「使役の文」を「使役の受身の文」にしなさい。
　　つぎ　　しえき　ぶん　　　しえき　うけみ　ぶん

　1．母はわたしに毎日ピアノの練習をさせました。🔒←
　　　はは　　　　まいにち　　　れんしゅう

　2．父はときどきわたしに仕事を手伝わせます。🔒←
　　　ちち　　　　　　　しごと　てつだ

　3．アンナさんは小林さんを30分以上待たせました。🔒←
　　　　　　　こばやし　　　ぷんいじょうま

　4．小学校のとき先生はわたしたちに日本の県の名前を覚えさせました。🔒←
　　　しょうがっこう　せんせい　　　　にほん　けん　なまえ　おぼ

　5．あの会社では日曜日も社員を会社へ来させます。(あの会社の社員は)🔒←
　　　　かいしゃ　にちようび　しゃいん かいしゃ　こ　　　　　　かいしゃ　しゃいん

　6．大学の先生はわたしに英文を日本語に訳させました。🔒←
　　　だいがく　せんせい　　　　えいぶん　にほんご　やく

　7．母はわたしにときどき料理を作らせます。🔒←
　　　はは　　　　　　　りょうり　つく

　8．先生は学生たちに日本語だけで話させました。🔒←
　　　せんせい　がくせい　　　にほんご　　　はな

8．絵を見て「使役の文」と「使役の受身の文」を言いなさい。
　　え　み　　しえき　ぶん　　しえき　うけみ　ぶん　い

　（例）a．田中さんはわたしにお酒を飲ませました。
　　れい　　たなか　　　　　さけ　の

　　　　b．わたしは田中さんにお酒を飲まされました。
　　　　　　　　たなか　　　さけ　の

22 課

9. 正しいものを選んで言いなさい。

1. 遅くなって、すみません。30分もあなたを（待って　待たれて
待たせて）しまいましたね。🔒

2. わたしたちは歌を歌うとき、タノムさんに頼んでギターを（弾かれま
した　弾かせました　弾いてもらいました）。🔒

3. 兄は掃除や洗濯を（される　させる　させられる）から、兄とは
一緒に住みたくありません。🔒

4. わたしは子供のとき、兄の古いズボンを（はかれて　はかされて
はいてもらって）、とても嫌でした。🔒

5. わたしは中学生のとき、遅刻をして、よく先生に運動場を（走られま
した　走らせました　走らされました）。🔒

6. わたしたちは先生に自分の国の気候について3分間のスピーチを（さ
れました　させました　させられました）。🔒

7. わたしは駅前に自転車を止めないようにと（注意された　注意させ
た　注意させられた）ので、今は公園のそばに止めています。🔒

8. 父は将来兄に自分の会社を（経営する　経営される　経営させる）
つもりだそうです。🔒

22課

10. 例のように言いなさい。

（例）おすし　　食べる　　今日　　初めて

　　→　おすしを食べるのは今日が初めてです。

1. 雪　　見る　　今日　　初めて 🔓

2. 新幹線　　乗る　　今度　　初めて 🔓

3. あの大学　　合格する　　キムさん　　初めて 🔓

4. 会社　　出る　　いつも　　あの人　　最後 🔓

5. ビザの更新　　する　　今度　　初めて 🔓

6. わたしたち　　この教室　　勉強する　　今日　　最後 🔓

11. 例のように言いなさい。

（例）本棚に英語の辞書が2、3冊あります。

　　→　本棚に英語の辞書が何冊かあります。

1. 冷蔵庫の中にりんごが2つ、3つあります。 🔓

2. 押し入れの中に*毛布が2、3枚あります。 🔓

3. あの大学には毎年3、4人合格しています。 🔓

4. 保証人の木村さんと2、3度会って、相談しました。 🔓

5. 大学の受験で、学校を4、5日休みました。 🔓

6. わたしは*私立大学も2つ、3つ受験したいと思っています。 🔓

22課

12. 友達に聞きましょう。

1. 子供のときお父さんやお母さんはあなたにどんなことをさせましたか。

   させられて嫌だと思ったのはどんなことですか。

2. あなたは嫌いなものを食べさせられたり飲まされたりしたことがあり

   ますか。

3. あなたは長い時間待たされたことがありますか。

4. あなたは子供のとき両親を心配させたことがありますか。

   どんなことをして心配させたのですか。

5. あなたは映画などを見て泣いたり笑ったりすることがありますか。

   人を笑わせるのと泣かせるのとどちらが難しいと思いますか。

13. あなたの国の入学試験についていろいろ話しなさい。

言いましょう

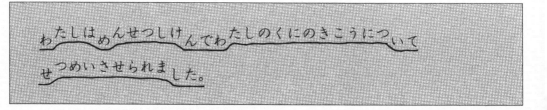

わたしはめんせつしけんでわたしのくにのきこうについて
せつめいさせられました。

22課

同 意 書

大新書局殿

　日本学生支援機構東京日本語教育センター著作「進学する人のための日本語初級」の本冊文 、「同語彙リスト」、「同練習帳（1）」、「同練習帳（2）」、「同宿題帳」、「同漢字リスト」及び「同カセット教材」、「同ＣＤ教材」を、台湾において発行することを承認します。

　尚、本「同意書」は台湾で出版する「進学日本語初級Ⅰ」、「進学日本語初級Ⅱ」の本冊文、及び「宿題帳・漢字リスト」合冊本に奥付する。

2004年4月1日

　　　　　　　　独立行政法人　日本学生支援機構

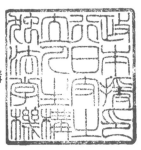

本書原名－「進学する人のための日本語初級 練習帳2 改訂版」

進學日本語初級 II　練習帳 改訂版

2008 年（民 97）12月1日 第1版 第1刷 發行
2016 年（民 105） 7月1日 第1版 第9刷 發行

定價 新台幣：160元

著　　者　　日本学生支援機構 東京日本語教育センター
授　　權　　独立行政法人 日本学生支援機構
發 行 人　　林 駿 煌
發 行 所　　大新書局
地　　址　　台北市大安區（106）瑞安街256巷16號
電　　話　　(02)2707-3232・2707-3838・2755-2468
傳　　真　　(02)2701-1633・郵政劃撥：00173901
法律顧問　　中新法律事務所　田俊賢律師